地味な剣聖は
それでも
最強です
8
明石六郎
画 シソ

目次

地味な剣聖はそれでも最強です

8

明石六郎

画 シソ

第一章
旅立つまでに残すもの

事情

さて、現在の状況を再確認せねばなるまい。

現在山水はブロワやレインと別れて、ドゥーウェや祭我達と共に、スナエやトオンの故郷であるマジャン王国を訪れていた。

二組の結婚を許可してもらうために挨拶に来たのだが、必然と言うべきか、王位継承権をかけた政争に巻き込まれた。

宮廷内の政争を、国家を割る内戦にしないために、山水達は国民の前での団体戦を持ちかけた。見事全勝を収め、王位簒奪《さんだつ》をたくらんだ者達を倒すことに成功したのだが……。

その団体戦が終わった後で、敵方に与《くみ》していた者達からお金を恵んでくれと言われたのである。

普通に考えて、あり得ないことだった。山水は仙人であるため、普通の人間とは感性が違うという自覚がある。その自覚がある上でも、これは明らかにおかしい。

「……そちらの事情を、できるだけわかりやすく話してくれ。まずはそれからだ」

とりあえず話を聞くことにした。先に結論を言ってくれるのはありがたいが、突飛すぎて反応に困る。

山水が尋ねると、彼女達は慄《おのの》きながらも説明を始めた。

「ご存知かとは思いますが、私どもは大天狗《おおてんぐ》セルの治める秘境にて暮らす、巫女道《みこどう》の一族でございます」

やはりというべきだろう。スイボクやエッケザックスが知っていた、希少魔法の一族の生まれだった。

「秘境の中で生活していた私達なのですが……その、いい婿が見つからなかったので、秘境の外へ探しに出たのです」

希少魔法の血統の、その婿選び。自分達の一族以外から選ぶ場合、千人に一人いるかいないかという珍しい力を宿しているのに加え、自分と同じような年齢で、なにより未婚の男でなければならない。

そう考えると一万人に一人いるか怪しいだろう。探すのはさぞ大変だったはずだ。

「結局見つからず、諦めて帰ろうと思っていた時、財布を盗まれまして。術を使って路銀を稼いでいたのですが、一向に貯まらず……」

めそめそと泣き出す巫女道の使い手達。なるほど苦労しているが、だいぶ間抜けなことだった。彼女達自身に戦う力がないことを思えば、これでもマシなほうだろう。

「途方に暮れていた時、スクリンという王妃様に拾われました。王妃様がおっしゃるには、王位簒奪に協力すれば、帰れるだけの路銀をくれてやると……私達は飛びついたのですが……まさか大天狗スイボク様に、ゆかりのあるお方と戦うとはつゆ知らず……」

スイボクのことを知っていれば、その弟子に敵対したことはさぞ怖かっただろう。

彼女達の心中は、察するにあまりある。

それでなおその相手にお金を求めるということから、彼女達の必死さがうかがえた。

「王妃様からも『この役立たずめ』と追い出され、もはや頼れるのは貴方しかおらず……」

巫女道による支援は、対等の相手との持久戦において最大の効果を発揮する。逆に短期決戦や、格上を相手にした戦いでは、ほぼ意味がない。

彼女達に非はないが、役に立たなかったことは事実だろう。

もっと言えば、もはや王妃は事実上失脚している。今の王妃が彼女達へ支援をするのは無理だった。王妃が彼女達を怒鳴って追い出したのは、せめてもの強がりかもしれない。

「……」

山水は悩んだ。結果的に敵対したが、彼女達が悪だったとは思わない。

同情の余地もあり、師との縁もある。なにより、財布はそれなりに潤沢だった。

「そういうことであれば、これを」

「ありがとうございます！」

山水は小遣いとして渡されていた財布を、そのまま彼女達に渡した。

土産を買わず豪遊などをしなければ、路銀には十分だろう。彼女達はその財布を受け取ると、うやうやしく頭を下げた。

何度も礼を言って、彼女達は去っていく。もう外はこりごりだと、秘境に帰るらしい。

その後ろ姿を見て、山水は思った。

（まさかここにも、師匠の知り合いがいるとは……）

スイボク自身、千五百年もの間自らを封じていたので、もう自分を知っている者はいないと思っていた。

だが実際には、それはもうゴロゴロと現れ始めた。

それだけスイボクの悪行は、広く天下へ傷を刻んだのだろう。

「師匠……」

果たしてその弟子である己は、いかなる風聞を広めるのだろうか。

既にマジャンで圧倒的な勝利を飾り、その分、大勢から恨みを買っている。

必要なことではあったが、今から不安になる山水だった。

現在祭我は、王宮の内部でマジャン＝ハーンから指導を受けている。

王気を宿していないのならともかく、宿しているのなら完全な神獣になってくれなければ困る。第一王妃の娘を嫁がせるのなら、当然の考えだった。

「いいか、サイガ。お前がさぼっているとは思わねえ、他の術を覚えるのも大事だしな。だがスナエと結婚するんなら、神降ろしをきちんとした形で使えるようになれ。それまでマジャン王国から出さねえぞ！　もしも無理に出るようなら、どこまでも追いかけて噛み殺すからな！」

「はい！」

祭我の強みは、複数の術を使えること。状況ごとに術を使い分けられるだけではなく、複合して同時に発揮することもできる。

よって一つ一つの練度は、そこまで高い必要がない。極論、基本の技を一つ修めているだけでも、有効に活用できるのだ。

よって人の大きさを保った不完全な神降ろしでも、まったく問題がない。むしろエッケザックスを使えなくなる分、完全な神獣化は不要な技と言えるだろう。

だがそれは、実戦面の話である。マジャンの王族と結婚するならば、完全な形で習得しなければなるまい。

病み上がりの大王は、その衰えを感じさせないほどに荒々しく、己の義理の息子を鍛えていた。

「どうした、もう疲れたか！」

「いえ、やれます！」

普通の男子ならば、修練の厳しさと大王の威圧感に負けて、音を上げていただろう。だが祭我は、へこたれることなく必死で頑張っていた。

相手はマジャンの王であり、スナエの父である。元々結婚の許可をもらいにここまで来たのだ、彼の前で情けない姿などさらせない。

「そうか、なら立て！」

もちろんその誠意は、ハーンにも伝わっていた。

だが褒めない、なぜなら娘の婿だから。まだ成果を出していないから。褒めるのは成果を出した後である。それまで一切褒める気がない。

「王気を高めろ！　力尽きるまで吐き出せ！」

「はい！」

そうして、祭我はしごかれていた。

とにかく頑張れと、頑張らない奴に娘はやれないと、王は発破をかける。

しかし、痛めつけることが目的ではない。限界が来ればそれを見極め、速やかに稽古を終えていた。

「む、王気が尽きたか……仕方ない、今日はここまでだ」

相手が正真正銘の軟弱者なら、ここからさらに剣術などの訓練を課していたかもしれない。

だが祭我は既に、御前試合で武勇を示している。そのためハーンが稽古をつけるのは、あくまでも神降ろしだけと決めていた。

「あ、ありがとうございました……」

ハーンとの稽古が終わった、その時である。宮廷の内部が慌ただしくなり、四方八方から貴人が集まってきた。

「サイガ様、お疲れ様です～～！　ささ、冷たいお水をどうぞ～～！」

「サイガ様は他の術の修行もしないといけないのに、ご立派ですね！　私なんか神降ろしだけでも大変なのに……尊敬しちゃいます！」

「サイガ様、ご休憩の合間に、私にアルカナ王国のことを教えてください！　遠い国のこと、ぜひお聞きしたいですわ！」

「サイガ様～～！　ここは少し騒がしいですから～～、私と二人っきりになれる、静かなところへ行きませんか～～？」

王気を宿す者、宿さない者を問わず、多くの女性達が疲れている祭我に群がっていく。彼女達のほとんどは、マジャン王国ではなく近隣の姫達だ。

興味本位の者、本気で惚れている者、周囲への対抗意識を燃やす者。

強者を尊ぶ文化圏に現れた、遠方からの強者。破格の能力を持つ彼に、多くの女性が魅力を感じているようだった。

「ちょ、ちょっと待ってください！　私にはスナエとツガーとハピネという婚約者がいてですね！　皆様の好意には応えられないんですよ！」

しかし祭我も、このマジャン王国へ来るまでの間に、トオンやスナエと話をして成長している。ここで彼女達に甘い対応をすれば、それこそスナエに申し訳が立たない。

「俺はスナエを泣かせたくないんです！」

上手いことは言えなかったが、それでもはっきりと言う。

不器用でもいい、拒否をしなければならないのだと、彼はしっかり学んでいた。

「そういう硬派なところも素敵です～～！」

「サイガ様って、女性を大事にされる方なんですね～！」

「サイガ様～～、スナエが子供だった頃のこととか興味ありません～～？」

「奥様達が大事なら、ご一緒にお話でもしませんか～～？」

「大丈夫ですよ！　やましいことはしませんから、たぶん！」

だがしかし、恋は戦争だと誰かが言った。サイガに群がる女性達は、誰も引く気がなかった。

まあそもそも、口で拒絶の意を示されたぐらいで諦めるのなら、まずこの輪に入ってこないだろう。

　そもそもマジャン王国において、王やそれに近い者は一夫多妻制が認められている。既に相手がいるから諦めてくれ、という断り文句は有効に働かなかった。

　だいたい祭我自身、既に三人も婚約者がいるわけで。「相手は三人までだと決めているんです」という言葉もそこまで説得力がない。

（だめだ、どうすればいいんだ！）

　まさかしっかり断っても諦めないとは。想定外の事態に苦しむ祭我は、目を白黒させながらもみくちゃにされていた。

　誰もが祭我の手や体を引っ張って、そのまま自分のほうへ引き寄せようとしている。

（もう無理、もう無理！　誰か助けてくれ！）

　まさか全員倒すわけにもいかない。困っている祭我は、心の中で助けを求めていた。

×　×　×

　さて、その祭我と既に結ばれることが決まっている、スナエとハピネ、そしてツガー。

　本来なら祭我へ群がる女性へ、相応の対処をするべき三人は、今どこで何をしているのか。

「ねえスナエ～～……サイガ様を貸してよ～～」

「そうよそうよ。あんな強い男、独占するなんてケチじゃない？」

「スナエ姉様～～……私のこと、彼に紹介して～～？」

スナエの同腹の兄弟は、兄のトオンだけである。だが異母兄弟は大勢いる。実際に大王の血を継ぐ者はさらに多いというが、認知している範囲だけでも多いのだ。

そんな彼女らは他国の姫達と違い、まずスナエを口説き落とそうとしていた。

将を射んとする者はまず馬を射よ。スナエの異母姉妹であることを活かして、祭我に近づく許可を取ろうとしたのである。

ある意味手順を踏んでいるとも言えるが、浮気の許可など申請されるほうはたまったものではない。

「断る……というか、まだ正式に結婚していない私に対して、失礼だろう！」

「あら、だからいいんじゃない。むしろそこが狙い目でしょ」

「貴女だって同じようなことをしているじゃない」

「ぐぅ……」

返す言葉がなかった。実際、バトラブ家の婿になることが決まっていた祭我へ、自分の夫になれと言い寄ったのはスナエである。

先に押しかけ女房をしたのは彼女であり、他の姉妹へ押しかけ女房をするな、というのはあまりにも身勝手だ。

とはいえ、それを許せばとんでもないことになりそうなのだが。

「だいたいねえ、スナエ。あんな強い男、よそにやるのはどうなのよ?」

「この国に残ってもらうには、私達の力が必要なんじゃないの?」

「サイガはアルカナに残ると決めたのだ! 不承不承だが私も認めている! それにきちんと礼を尽くして遠路はるばる来てくれた外国の貴人へ、やっぱり婿としてよこせと言うなど非礼の極みだ!」

やはりスナエの姉妹達は、祭我に残ってほしいらしい。

「まあねえ、でもやりようはあるでしょう。今から一年ぐらい残ってもらって、その後アルカナへ帰して、十年かそこらぐらいしたらまた来てもらうとか……」

「アレぐらい強い男がよそにはたくさんいる、ってわけでもないんでしょう。だったら、こっちも行列作って挨拶返しをしてもいいじゃない」

「だいたいアンタが不甲斐ないから、よその国にとられたんでしょうが」

「うぐぐ……」

なかなか痛いところを突かれた。自覚があるだけに、かなり揺らいでいる。実際にどうなるかはともかく、スナエ自身、本音を言えばそうしてほしかっただけに、少々魅力的な誘惑であった。

もちろんそんなことは、バトラブの令嬢であるハピネがきっぱり断るべきことである。

だがその彼女にも、やはりスナエの姉妹がすり寄っていた。

「サイガ様、格好いいわね～～！　すべての術を使う力があって、それを鍛錬しているなんて素敵～～！」

「素質に溺れず努力する……それに誠実で、貴女のことも大事にしているのよね～～？」

「その上神剣エッケザックスの正当なる所有者……もう本当……あの仙人にだって負けてないんじゃないの？」

「あの人が大将になったほうがよかったのにね～サンスイっていう仙人よりも格好よかったわよね～～」

「そうそう、強いは強いけど……なにがなんだかわからなかったもの」

さすがは権謀術数の渦巻く王宮である、その手管は一種類だけではない。スナエに対してはそそのかすような話し方だったが、ハピネに対しては褒め殺しで対応していた。

「ま、まあね！　サイガが大将になってもよかったけど、ソペードに譲ってあげたのよ！」

おべっかを言われていることは、四大貴族の令嬢であるハピネもわかっている。だがこうもべた褒めされると、悪い気がしない。

もともとアルカナ王国では、祭我は山水に劣る扱いをされてきた。

それは彼女もある程度は納得していたが、やはり山水よりも上と言われるのはたまらない。

（まずいわね……このままだとサイガへ近づきたいと言われても、拒否できないかも……）

自分の男が褒められて、上機嫌になっている。この状態だと口が軽くなって、後で後悔するようなことまで約束しかねない。

自分を信じられなくなってきた彼女は、ちらりとツガーを見た。果たして彼女は、何を言われているのだろうか。

「ねえツガーちゃん、貴女もアルカナ王国の生まれなの？」

「は、はい……」

「アルカナ王国ってどんなところなの？　私気になるわ〜〜」

「そうね、教えてくださらない？」

スナエやハピネに比べると三番人気だが、それでもツガーにさえ王女達は寄っていた。

ツガーの気弱そうな性格を見抜き、無害そうな話題で近づく。

それこそ『お友達』のような雰囲気であり、故郷では友達のいなかった彼女が、つい浮かれてしまう状況だった。

彼女らしくもなく、つい頬が緩んでしまう。

(この人達……私の話すのを楽しそうに待ってくれてる……私の話し方に合わせてくれてるわ……)

このままだとツガーも彼女達を好きになって、祭我にお嫁さんが一人増えてもいいかも、という心境になりかねなかった。

（でも私がそれを言ったら、きっとサイガ様は……いいよって言ってしまうわ……！）

誘惑に負けそうになって、葛藤するツガー。どうしたものかと改めて自分の周りにいる王女達を見ると、

（私がしゃべってないのに、嫌そうな顔をしていない！　これは……すごく嬉しい！）

友達を作ることが苦手なツガーだが、それを補ってあまりあるほど、ツガーを囲む王女達は友達を作るのが上手だった。

こうして、祭我とその婚約者達は、確実に攻略されつつあったのである。

×　×　×

こうして攻勢を受けている祭我達だが、日が沈むころになると解放されていた。

いかに祭我を狙っているとはいえ、『夜』になれば早々に引き上げる。そこを脅かすのは、もっと親しくなってからと考えているのだろう。

逆に言うと、夜に仕掛けてくる、あるいは夜に訪れてもいいかと聞いてくる時が、末期を意味していた。

それを理解している四人は、アルカナ王国の貴人滞在用の屋敷の談話室に集まっていた。

祭我専用の部屋ではなく、他のアルカナ王国勢も来れるスペースなのだが、だからこそ逆に

そこに集合した。

この状況で四人だけになると、むしろ逆に意識してしまうのである。それはとても悪い意味でのことだった。

「実は来る時の道中……トオンさんがさ、ドゥーウェさんの魅力は、周囲の圧に負けない強さだって言ってたんだよ……その意味がよくわかった」

「そうね……私もいまさら、ドゥーウェがすごいと思ったわ……」

「そうだな……あれも一つぐらいは美点があるんだな……」

「あの強さが、少しでも欲しいです……」

四人にとって、ドゥーウェとは悪女の極みである。

罪を犯しているわけではないが、とにかく性格が悪い。山水のことをこき使うし、事あるごとに他人を見下す。

そんな彼女を軽蔑している面もあったのだが、ドゥーウェならこの状況でも負けないだろうとも思っていた。

周囲が敵でも揺るがない、図太い神経。まねできるものではないが、それもまた強さなのだろう。それはつまり、なんの参考にもならないということだった。

「……ねえサイガ、貴方がちゃんとした神獣になれるまで、私達は帰れないのよね」

「うん……まだ当分は無理そう……」

「しかも完璧な神獣になれたところで、それから予定を立てるわけだからな……」

「まだ当分は耐えないといけないんですね……」

四人にとって希望があるとすれば、この状況が永遠ではないということだ。ここには結婚の挨拶に来ただけなので、しばらくすれば去ることができる。

もちろん相手もそれがわかっているからこそ、短期決戦の意気込みで来ているのだが。

「なんだお前達、情けないことを言っているな」

話をしながら横になっている四人へ、話を聞いていたソペードの先代当主が苦言を呈した。

その顔は、とても呆れている。

「疲れる気持ちはわかるが、どのみち帰っても同じようなものだろう。サイガはバトラブの次期当主なのだからな、正式にハピネと結婚すれば、愛妾になりたがるものは今までの比ではなくなるぞ」

なんとも恐ろしい現実だった。

確かに今までは、祭我とハピネはあくまでも婚約。ほぼ本決まりではあったが、祭我が外国人ということもあって、まだ破棄の可能性が残っていた。

しかし、今回の旅が成功で終われば、さすがに本決まりとなるだろう。そうなれば、今までは様子見をしていた者も、積極的になるだろう。

もちろん祭我はバトラブの当主になる男なので、アルカナ王国から逃げるわけにはいかない。

「そんな……」

「何をいまさら」

「おっしゃる通りですけども……」

四大貴族の当主になるということは、そういうこと。それは最初からわかり切っていたことであり、それを後悔するのは確かにいまさらだった。

しかし実際に身に迫ってくると、考え方や受け止め方も違う。

「行きの道では、ドゥーウェやトオンが羨ましかったけど……実際になってみると大変ね」

ハピネもまた、ため息をついた。バトラブ家の令嬢である彼女にとって、祭我以上に逃げられない課題である。向き合うしかないからこそ、ため息が出てしまうのだ。

「泣き言はここまでにするぞ！　結婚の挨拶に行って、結婚相手が増えて帰ってくるなど笑い者だ！　我等四人で、水の出る隙間もふさぐ、鉄壁の陣を敷くのだ！」

「その通りだ」

スナエの意気込みを、ソペードの先代当主は全面的に肯定する。

「特にツガーよ。お前もバトラブの当主の妻になるのだ。他の者を助けろとは言わんが、自分のことは自分でなんとかしろ」

「……はい！」

突き放すような言葉だったが、彼女は一拍おいてから力強く答えた。

彼女自身わかっているのだろう、自分でできることは自分でやらなければならない。

祭我へ負い目を感じるのならば、なおさらに頑張らなければならない。

「私も、サイガ様の妻ですから！」

×　×　×

その翌日である。

やはり王宮内部、室内と呼ぶにも広すぎる場所で、祭我はマジャン・ハーンから指導を受けていた。

祭我はハーンからの教えを何度も反復しながら、己の中の王気を高めていく。

体の大きさが増していき、その骨格さえも変わっていく。成功か、とさえ思えるほどだった。

だが息を止めながら王気を高めていたのか、途中で息を吐き、一瞬で元の大きさへ戻ってしまう。

すわ成功か、と思っていた見学者達は、同じように息を吐きながらがっかりした。

「あ、あと少しだったのに……」

「どこがだ、まだまだ全然だぞ」

残念そうな祭我に対して、ハーンは残酷に言い放つ。

「王気を高めるのに、時間をかけすぎだ。その分、力を垂れ流しにしているし、無駄に疲れてるんだよ」

「は、はい」

「ずっと不完全な状態で戦っていたせいで、癖がついている。だから難儀しているんだろうが、甘えるなよ」

　祭我の癖を見抜いて、指摘するハーン。

　彼の目は厳しいが、つまり祭我をしっかりと見ているということだ。

「民の前で今の調子でやってみろ、それこそ笑ってもくれねえぞ。王気を宿していないんじゃなくて、未熟なだけだって露見するんだからな」

「はい……」

「まあ、まだまだではあるが……順調でもある。いきなり上達しようなんて思わず、俺の指示に従って鍛えていれば、あと少しで形になるだろ」

　一足飛びに強くなっているわけではないが、真面目に修行した分の成果は出ている。そう褒めてもらうと、祭我も悪い気はしなかった。

「いいか、本番はひと月後だ。この俺が指導したんだ、その時に無様な姿をさらすんじゃねえぞ」

「はい！」

ひと月後という期限。それは祭我が今のまま頑張れば、ひと月後の本番に間に合うだろうという、信頼からくるものだった。

「今日はもう休め、明日もまた頑張ってもらうぞ」

「はい！」

去っていくハーン。彼に代わって、女性達が近づいてくる。だが今までのように、多くの女性達が来ているわけではない。

ハピネ、スナエ、ツガーの三人だけであった。他の女性達がいないわけではないが、今日は遠くから見ているだけ。

「すごいわね、ひと月後には間に合うって保証されたわよ！」

「むしろ遅いぐらいだがな！　まったく……他の術の修行がなければ、この国に来る前には仕上がっていたはずなのに」

「いいじゃないですか、認めてくださったんですし！」

三人は短く感想を言う。それに対して、祭我も素早く反応した。

「いやあ……まだまだ、これから一カ月が勝負だから！　これからも頑張るよ！」

四人とも、申し合わせたかのように、話をそこで区切った。

「いやあ、喉が渇いたなあ！」

「そうね！　冷たい水を用意してもらってるから、みんなでそっちに行きましょう！」

「これ、タオルです！」

「さあ皆、行こうか！」

ものすごく露骨に、大根演技で、四人は動き出した。

そこでようやく……スナエの異母姉妹達が動き出した。他国の姫達を遮るように、祭我達の周囲を固めたのである。

「ささ、お客様達も一緒にどうぞ！」

「サイガ様の話を、一緒に聞きましょうよ！」

この苦境を打破しようと四人は知恵を出し合った。その結果、スナエの姉妹達を買収することにした。

マジャン王国の姫達と、諸外国の姫達。その双方を一度に相手どるなど、四人には不可能。ならば整理するのみ、流れに逆らうのではなく、流れを作るのである。

「むぅ……」

「これは一気に手強くなったわね……」

完全に排除されれば、客人をないがしろにするなんてひどいわね〜、と文句を言える。

しかしこうして全員で一度に行動していれば、文句を言いにくい。

この形を作った後、祭我達は一人一人、ホスト役として相手をする。

それはそれで負担も大きいのだが、情け無用の乱取り対決を人数無制限でやるよりは楽だった。そう、いつだって答えは戦術の中にある。全員を一度に相手どるのではなく、半数を懐柔したのち、各個撃破していくのだ。

なお、スナエの姉妹を買収するために、祭我が自由にできる分の蟠桃《ばんとう》や人参果《にんじんか》が少々減ったのだが、それも必要経費であろう。

そのように、なんとか切り抜けようとしていく者、出し抜こうとしていく若者達を、ハーンは少し遠くから見ている。その隣には、ソペードの先代当主もいた。

「やれやれ……俺が口を挟む前になんとかしたな。このまま暴力沙汰に発展するかとも思ったが……」

「それはさすがに、まずいのでは？」

「なあに、それも王宮の華、若者の華ってもんだ。だいたい、よその男をひっかけようとしているんだから、それぐらいは覚悟してもらわねえとな」

なんとかうまく対処した祭我達。思いのほかうまくまとめたことを、大人の男達はそれなりに評価していた。

やり口が少々小賢しいとも思っているようだが、文句をつけるのもおかしなことである。

「それにしてもまあ……勝手に出ていったスナエが、これだけ大人になって帰ってくるとはなあ。勝手に出ていった時は少し気になったが、これからはもっと放任したほうがいいのかね。それとも」

ちらりと、ハーンはソペードのほうを見た。

「アルカナ王国へ行儀見習いに出すのが、一番だったりするのかねえ？」

「その時は覚悟なさることですな。我らがアルカナに居着いて、自国の秘技を売ってしまうやもしれませんぞ」

「やれやれ、あれだけの術の血統を抱えておいて、欲深なもんだ」

ソペードの当主の言い回しは、現時点においてスナエの血統をアルカナへ完全に取り込む気はない、という主張でもあった。

親しき中にも礼儀ありと言う。遠い異国同士の関係だが、だからこそ節度のある関係を作ろうとしていた。

「神降ろしはそこまで欲しくないってか？　ずいぶんと余裕だな」

マジャン・ハーンは、その節度を余裕と解釈していた。それも間違いではない。

「ご存知の通り、我が国は人材が豊富ですので」

「ふん……なあに、こっちも追いつくさ。俺の次の代でな！」

「それはまた……」

「なあに、それぐらいしてくれないと困る！」

豪快に笑う王は、去っていく祭我の背中を見ていた。

「世の中の広さを味わった俺の子供達が、それを故郷へ伝えに来た。まったく孝行な子供達だぜ」

ほどなくして、アルカナ王国の者達は去っていく。だからこそ、祭我達は恥をさらさぬように気張っているが、マジャン王国やその近隣の人々も必死だった。

遠方からの客人から、より多くを学びたい。己の住む世界が狭いことを知ったからこそ、遠方の友人から多くを得ようとしていた。

再戦

祭我が神降ろしの練習をしている間、山水とトオンは剣の稽古をしていた。

マジャン王国はアルカナ王国に比べて、乾燥した土地や高低差のない土地が多い。農業をするには向いていないが、剣の稽古を行うにはとても有用だった。

ドゥーウェの護衛として連れてきた山水の弟子達も交えて、マジャン王国の兵士達へ山水が指導を行っている。

マジャン王国の兵士達は、とても誇り高い。普通ならばいきなり現れた剣士に師事するなどあり得ない。だが尊敬するトオンが仲立ちを務めたことや、先日の試合で山水の強さを知ったこともあって、彼らは山水を認めていた。

だがただ剣の振り方、気構えなどを習っても身にならない。実際に山水から指導を受けている生徒達によって、実践してもらう必要があった。

ということで、試合をするという話になった。

マジャン王国の兵士達からすれば、トオンの新しい部下となった男達の腕前が知れるのである。彼が軟弱者を認めるわけがないと知ってはいるが、どの程度なのか興味が湧くのは無理もない。

「ではお願いします」

「こちらこそ、お願いします」

双方の代表者が、一名ずつ選ばれた。

東側にはマジャンの兵士達、西側にはドゥーウェの護衛。そして山水とトオンが南側に立ち、見届け人と審判を務めていた。

非公式の試合ではあるが、王子であるトオンがいるのである。マジャンの兵士達は奮起していた。

「まずは……このような場が実現したことを嬉しく思う」

その奮起へさらなる発破をかけるのは、トオン本人である。再び故郷を離れる彼は、マジャンを守る兵士達へ親愛を込めて呼びかけていた。

「私にとって、マジャンは言うまでもなく故郷。この地で生まれ、育ち、剣と影降ろしを学んだ。結果として離れることを選んだが、今でも深く愛している。そのマジャンを守る諸君らは、頼もしい守護者であり、同じ術を学んだ仲でもある」

彼はとても嬉しそうであり、そこにおべっかはないように見える。

「そんな君達と、新しい故郷であるアルカナ王国で得た同門の友達が、剣を交えて競い合う。一人の男子として、とても嬉しい」

古くからの友と、新しい友。双方がいがみ合うことなく、競い合ってくれる。

それに喜びを感じていると語るトオン。

「とはいえ、勝負は勝負。汚い手段は許されないが、馴れ合いは禁物だ」

その上で、真剣勝負であることを願っていた。双方ともに、お貴族様のお遊びではない。国こそ違えども、国家と貴人を守る者達である。残虐になるのはよくないが、手抜きは許されなかった。

だがしかし、そんなことは当人達もわかっている。これはあくまでも、選手宣誓のようなもの。代表として選ばれた二人である、常識のわからない馬鹿ではない。

「では……はじめ!」

マジャン王国側の兵士の装備は、両手でも持てるが片手でも振れる、柄の長い片刃の剣だった。盾を持っていないのは試合だからではなく、それが正式なものだからである。

彼はこの段階では片手で構えている。そしてやや腰を落とし、集中をしていた。

「憑影《ひょうえい》の舞!」

彼は影降ろしの使い手であった。自分の体のように精密に動かせる分身を生み出し、それを放つ。

影降ろしの強みは、分身が傷を負ってもまったく問題ないこと。防御力が高いとか回避能力が高いとかではなく、実際に攻撃を食らって手の内を確認できるということだ。

放たれた分身は、大上段で斬りかかる。分身だからこその、捨て身の剣術。

当たれば死ぬ攻撃に、どう対処するのか。それを見定めようとして……。

「瞬身帯《しゅんしんたい》」

分身は一瞬で喉を割かれていた。スイボクが作った宝貝《パオペエ》、瞬身帯。体の動きを速くする仙術を発動できるようになる宝貝であり、それを一瞬だけ使用したのだ。

石の刀、莫邪《ばくや》。その一閃で、分身は煙のように消える。

分身だからこそ綺麗に消えたが、もしも自分自身であればと思うと、マジャン側の兵士は少しだけ心胆を冷やした。

この国では伝説とされている宝貝が、山水の生徒達に支給されていることは、もちろん既に知っている。

その弱点なども伝えられており、それに適した運用法も聞いている。だが実際に攻撃を見たのは初めてだった。

(動きは速くなるが、神降ろしには及ばず、さらにはすぐ疲れる。なので一瞬だけ発動させるのが定石だというが……これはこれでやりにくいな)

宝貝の弱点をわかった上で、戦術に組んでいる。その戦術を実行できるように、鍛錬を積んでいる。そして、彼本人の技量が高い。いくら速く動けるとは言え、一瞬で喉を切り裂くなど相当の腕前だ。

マジャン側の代表は当然のこと、観戦している他のマジャン兵達も緊張していた。

逆に、アルカナ側はわずかに笑みを浮かべている。自分達の鍛錬が、敵の脅威になっている。それは修行の成果として、この上ないものだ。

とはいえ、相手も弱兵ではない。脅威を理解した上で、戦い方を変えた。

「挟影《きょうえい》の舞！」

二体の分身を生み出し、左右から襲いかからせる。とても単純な攻撃だが、だからこそ対応が難しい。

それに対して、アルカナの代表は、大きく一回だけ後ろへ跳んだ。宝貝も使っていないので、それこそ飛びのいただけである。

だがそれだけで、二体の分身の攻撃は回避できた。二体の分身はアルカナの代表がいた場所で空を切り、そのまま消えた。

複数の分身を操作するのは、とても難しい。あらかじめ決めている動作以外をさせるのは、さらに難しい。よって立っていた場所からすぐに移動すれば、回避は容易である。

それを知っていても、即座に対応をするのは難しい。場に呑まれない冷静さと胆力が必要だった。

（……こちらが相手の弱点や戦法を知っているように、あちらもトオン様から影降ろしの弱点を聞いている……当たり前だな）

（トオン様なら、もっと早く反応するが……まああの人は天才だからな）

ごくわずかなやり取りだったが、お互いに確認は済んでいた。

ならば勝負を長引かせる意味はなかった。双方ともに、勝負を決めようと身構える。

先に動いたのは、マジャン側であった。

「葬列《そうれつ》の舞！」

自らも走りながら、前へ分身を生み出す。その数は四体、宝貝を使っても一息に切るのは無理だろう。

（この四体が出せる分身の最大数だな、これ以上は出せまい）

四体の分身の後ろに、本体がいる。さて、どう対応するべきか。

（逃げずに迎え撃つ！　それが礼儀だ！）

もともと山水の生徒達は、ほとんどが腕っぷし自慢だった。

山水の下で剣の技を修め、繊細な技、出の速い技などができるようになったが、自負心までは失っていない。

そして山水もスイボクも、力技を否定していない。

「おおお！」

アルカナの代表は、まず一人目の分身を瞬身功で切った。これは余裕で間に合った。

だが一体目が消えて、そのすぐ後に来た二体目には、対応が少しだけ遅れた。

そして三体目には、莫邪の間合いの内側に入られてしまった。速く動けるといっても、この程度。数で来られれば潰されるのは当然だ。

「ふん！」

残りの分身は二体、そして本体が一人。つまり人間三人分。

動きを速くする瞬身帯から、力の強くなる豪身帯に切り替える。思いっきり踏ん張って、力まかせに押し込んだ。

「おお!?」

技量ではなく力技で、自分の分身を押し返された。

それによってマジャンの代表は後ろへよろめき、体勢を崩す。その瞬間を、アルカナの代表は見逃さなかった。

「これで、一本……です、ね……」

似合わない丁寧な言葉を使いつつ、汗をかいて息を吐きながら、莫邪よりも短い干将《かんしょう》を相手の喉元に突き付ける。

ふらふらになって倒れそう、というほどではないが、かなり疲れている様子だった。おそらく今の技が失敗していれば、そのまま負けていただろう。

（なるほど……一対一ならこれも有効だな……）

寸止めの決着に対して、マジャンの代表は少し感心していた。悔しいというよりも、意表を突かれていたのだ。

「参りました」

疲れないように、小出しにする。それが定石ではあるだろうが、必要だと判断すれば、定石をあっさりと捨ててくる。

道具に使われているのではなく、道具を使いこなしている。

アルカナ側の兵は余裕の勝利とはほど遠いが、それでもそれ以上に熟練を感じさせていた。

「見事だ！　どちらももったいぶらず、正しく最善を尽くしたな！」

もちろんそれは、トオンも見抜いている。またマジャン側も、アルカナ側もそれを理解していた。よって惜しみなく、双方へ拍手を送る。

「サンスイ殿、なにかお言葉を」

「お互いに最善を尽くしつつ、勝利にこだわらなかった、素晴らしい戦いだと思います。これを規範として、他の方にも頑張っていただきたいですね」

山水もまた、全面的に褒めていた。お互いに勝利へ徹すれば、また違う戦い方もあっただろう。だがそんな戦い方をしては、勝っても負けても面白くなどない。

そうしなければならないこともあるだろうが、しこりが残ってしまうものだ。

×　×　×

こうして、穏やかな交流試合はしばらくのあいだ続いた。

しかしそれが終わった頃合いに、山水とトオンの元へ五人の女性が現れた。

先日、祭我や山水と一緒に団体戦へ参加した、テンペラの里の者達である。当然ながらランも一緒なので、山水は少しだけ不快そうな顔をした。

先日の試合ではきちんとやりきったので口には出さないが、歓迎していない雰囲気は出している。

とはいえ、ランもそれへ不快感を表すほど子供ではない。

一緒にいる四人に目くばせをしつつ、話を切り出した。

「やあ、テンペラの里の皆、どうかしたのかな？」

「ふん……追い出された身だがな」

彼女達五人の主観からすれば、自分達はテンペラの里から追放されており、もうテンペラの里の者ではない。だが他の者から見ればそうなのだな、と思うと苦笑せざるを得なかった。

「気を悪くさせてしまったのなら、謝ろう。君達には私の不徳で、いろいろと迷惑をかけてしまったというのに」

「恩義に感じているのなら話は早い。そのことで相談があってな」

先日の試合では、ランはきっちりと役目をまっとうした。その上で自分の実力、修行の成果を出し切り、自制さえも見せつけた。

彼女としては、あの結果で満足していた。だが他の四人はそうでもなかったらしい。

「私達はもうすぐこの国を去るのだろう。その前に、この間の選手達と再戦がしたい」

「……彼女達と？」

「そうだ。勝ちは勝ちだし、必要なことではあった。だがそれはそれとして、こいつらは不満があってな」

先日の団体戦では、それこそ勝ちに徹していた。特にランの仲間の四人は、順番の段階から作戦を組み立て、圧勝までの流れを作ったのだ。

特に面白いこともなく、一方的に勝つ。それはそれで、お仕事ではあった。

だが仕事をやり遂げたからこそ、私情を露わにしたくなっていたのだ。

「またこの国へ来ることがあっても、二度と戦うことはできないだろう。それならいっそ、と思ってな」

「……彼女達が嫌がるかもしれないし、なにより負けるかもしれないぞ」

「それはそれで仕方ないだろう。むしろあのまま勝って帰るほうが嫌だ」

「そうか」

山水もトオンもその理屈はわかる。むしろ好ましいとさえ思える。

強くなりたいという思いは、勝ちたいということでもある。だがそれは、納得のできる勝ちが欲しいということだ。もしも勝つことだけに執着するのなら、弱い者いじめだけしていればいいのだ。

「別にもう一度観客を呼んで、同じように戦いたいというわけじゃない。まあそれでも、相手が王族では難しいのかもしれないがな」

ランは『難しいかもしれない』と言っているが、普通ならば難しいどころか不可能だろう。トオンが王子とはいえ、そもそも王位継承権はなく、相手も他国の王族。

常識というものがあれば、頼もうと思うことさえないだろう。

だが外の世界に出て、王族やら大貴族やらに頻繁に会ってきたランは、そのあたりがわかっていないのだろう。

(それは俺も同じだけどな)

ランの非常識なお願いに対して、山水は理解を示す。彼女達が勘違いをするのも無理はないと、怒ったり呆れたりすることはなかった。

とはいえ、自制できる上に、呪術という安全装置も受け入れているランである。

彼女も十分に『切り札』であり、少々の無茶を聞くだけの価値はあった。

いや、そもそも彼女は新しい血統の開祖でもある。自分一人がすごいで終わる祭我や山水とは、有用性の種類が違う。

それは、ランの仲間も同じ。さほど強いわけではないし、そこまで有用性の高い希少魔法ではないが、それでも希少な血統の者であることは事実。ならば、多少の配慮は必要だろう。

なにより……先の仕事をやり切ってくれたことは事実だ。

「……なんだ、サンスイ。お前は文句をつけないのか」

「トオン様の前で下らん言い争いをしても仕方ないだろう。俺もそれぐらいは考える」

「そうか」

どうやらラン達は、山水には反対されると思っていたらしい。以前に何度も再戦を仕掛けて呆れられていたことを、しっかりと憶えていたようだ。

だが山水の主観では、それとこれとは同じではない。まずトオンへ話を通しているだけでも、相手の合意を得ようとしているだけでもずいぶんな成長だ。無理なら諦める、という姿勢も正しい。

当たり前すぎて褒めるようなことではないが、昔はそれさえもできていなかったのだ。

「それで、どうなんだ?」

「……正直に言うが、君達のほうから持ちかけてくれて助かったほどだ。圧勝してこのまま、というのはさすがによくない」

トオンは申し訳なさそうにしていた。

圧勝してくれと頼んで、実際に圧勝してもらった。だが圧勝しすぎてしまい、しこりが残っていた。

マジャン・ハーンも怒っていたが、七人とも一方的に勝ちすぎたのだ。

これでは大王の面子が、そして他国の王族の面子が立たない。

それはまあ仕方がない。彼女達を招集したトオン達の母、スクリンの顔を潰すためだったのだから、選手七人とその母国の面子が多少潰れるのも仕方ない。

それは各七人の過失であり、相応の報いが待っているだろう。だいたい、トオンを巻き込んで内戦まで起こしかけたのだ、その程度ですんでよかったともいえる。

しかし……納得するというのも、頭の話だ。心の中では、諸外国の王族達は腹を立てている。

表立って抗議することはなくても、今回のだまし討ちへ不満を溜める者も多いだろう。それを解消するためにも、テンペラの里の四人には再度戦ってほしかった。

しかし注文通りに圧勝してもらった彼女達へ、負ける可能性が高い再戦を強要できるわけもない。今回のように彼女達が申し出てくれなければ、諸外国の王族も諦めるしかなかっただろう。

「まだこの地には、先日の王族達も残っておられる。私のほうから頼めば……受け入れてくれるだろう」

「私もやろうか」

「いや……君とサンスイ殿、サイガはやめたほうがいいな」

ランの言葉に、トオンは今度こそ困りながら首を横に振った。

圧倒的な実力差が判明した後での再戦など、双方にとって不名誉な結果にしかなるまい。

相手は実力差を恥じて辞退せざるを得ず、こちら側は相手に恥をかかせたということになるからだ。

誰も得をしないとわかっているのに、ラン達の再戦を許可することなどできない。

「彼女達も嫌がるだろう……君の仲間四人が希望したので、ということで収めてくれ」

検証

面子には二種類ある。片方は公になっている面子、もう一つはごく一部の層でだけ共有されている面子だ。

当然だが、公の面子のほうがずっと価値がある。なにせ大勢からすごい奴だ、と評価されることになるのだから。

その一方で、一部でだけ共有される面子、というのも馬鹿にできない。この場合の一部とは、諸国の王族だからである。

先日惨敗した面々は、王本人でも有力な王候補でもない。あくまでもトオンに惚れているだけ、スクリンの誘いに乗っただけの王族達である。

それでもスナエより強い者が多かったのだから、スナエのマジャン内での位置がわかるというものだ。

とまあ、そんなことはどうでもいい。彼女達はスクリンの推薦した戦士達ではあるが、各国の名前を背負っていたのである。

諸国の王族が大王の御前試合で、公衆の前で大敗したのである。

実際に試合を見た者達の口をふさぐなどできないし、そもそもそれをやることのほうがよほど問題だ。

それに、スナエの警鐘も、それなりには理解している。神降ろしの使い手に勝てるのは、より上位の者だけ、という考えはもはや危険なのだから。

だがそれはそれとして。自分の国の名前を背負っている王族が、負けっぱなしというのはおもしろくないだろう。

シヤンチ＝エンヒ、シヤンチ＝ケスリ、ドンジラ＝ガヨウ、デイアオ＝ヒンセ、デイアオ＝ウトウ、マジャン＝トレス、バイゴウ＝シヨキ。

先日手痛い敗北を味わった彼女達だが、アルカナ王国がもたらした法術や果実によって、体は既に回復している。

その彼女達に舞い込んだ『身内の中での名誉』を回復させる試合。

やる気が出るのは当然だった。それこそ勝った側の七人とは、緊急性が違う。

小骨が刺さったまま、というレベルではない。それこそ喉から手が出るほどに、名誉回復の場を求めていた。

「さてと……これははっきり言っておくが、今回のことは勝った側の四人からの提案だ。これは正真正銘だぜ、俺が誓ってもいい」

既に灯が落とされたはずの王宮、その離宮。神降ろしが暴れられるほどの広間に、先日の御前試合の時にも集まっていた各国の王族がいた。

彼らの表情は、とても硬い。外向けの威厳や笑いはなく、だからこそ逆に王族らしかった。負けたのは仕方ないが、勝ち逃げされるのは悔しい。そして己の親族が、同じ術を使う者が、無様なままであることも悔しい。

誇り高い者達の素の顔が、表に出せないはずのものがあらわになっていた。

「スナエの臣下達は、私心を捨てて戦うことができ、なおかつ問題なくなった時点で公平な勝負を申し出る戦士だということだ」

マジャン・ハーンの言葉は、この場で数少ない儀礼的なものだった。

厳かとはまた違った雰囲気ではあるが、重苦しい雰囲気の中で、ぱちぱちという拍手があった。それは騒がしいものではないが、だからこそ本心からの賞賛だったのだろう。

「今回の試合は、結果だけではなく試合が行われたこと自体の口外を禁じる。御前試合の結果が、起きたことのすべてだ。これから何が起きても、胸の内にしまってくれ」

負けを認めないのは、とても恥ずかしいことだ。ましてや戦いが終わった後で、こうして公にならない場所で再戦するなど、それこそ恥の上塗りである。

だからこそ、この場にあるのは、神聖な名誉であった。

「シヤンチ＝エンヒ、四器拳《しきけん》ヤビア。前へ」

もはや前置きは不要。完全な室内で、貴人達が厳しい目で見つめる中、簡素な試合が始まる。

観戦する貴人の中に、トオンもドゥーウェもいない。代わりにハピネとソペードの先代当主がいた。

この場に祭我とラン、山水がいないのは、せめてもの見栄なのだろう。

「……先日は、汚い勝利を拾わせてもらいました。申し訳ない」

四器拳のヤビアは、まず謝った。多くの立会人がいる中で、却って失礼では、という謝罪をした。だがそれこそが、彼女の言いたかったことだろう。

「いえ……ご存知かとは思いますが、禁を破ったのはこちら側です。そちらはあくまでも、取り決めを守った勝利……咎《とが》めるなど、恥知らずにもほどがありましょう」

エンヒの言葉を聞いて、立会人達はわずかに眉をひそめた。おそらく彼らは、巫女道の使い手のことを知らないか、或いはこの場ですら明かしてほしくないのだろう。

だがそれは些細なことであり、すぐに集中する。

「誇り高き、四器拳の戦士、ヤビア殿。どうか、私ともう一度戦ってください」

「望むところろ」

儀礼的な試合ではないがゆえに、私語もある。だがそれも、すぐに終わった。そもそも口頭での謝罪で終わるのなら、こんなことはしていない。

ヤビアは腰を落とし、肘をやや曲げながら、拳を開いて、胸の前へ腕を伸ばした。

「四器拳、前刃の構え」

ある意味、徒手格闘としては普通の構えだった。もちろん神降ろしの使い手と戦うにはあまりにも不相応だが、この場の誰もが彼女の四肢の鋭さを知っている。

（やりにくい）

玉血《ぎょっけつ》による四器拳は、四肢を凶器へ変える。普通の鉄の剣などと違い、神降ろしの神獣さえ容易《たやす》く切り裂く。

もちろん四肢以外は普通なのだが、それでも手足に触れたら、と思うと身がすくむ。

観戦している者達は、防御しようとしている彼女の構えを見て、しかし攻撃されているかのような怯《おび》えを抱いていた。

（さあ、来い）

四器拳の防御は、普通の防御とは違う。剣で斬られれば、逆に剣を切り裂く。鉄槌《てっつい》で潰されれば、逆に鉄槌を潰す。素手で殴りかかれば、逆にその手を壊す。

四器拳を知らぬ者は無警戒に切り込んで後悔し、知っている者はその切れ味に怯えるのだ。

（さあ、行くぞ！）

だがだからこそ、戦う意味がある。エンヒは奮起し、その姿を人の形の獣へ変えた。

神獣になった時より、力も速さも頑丈さも大きく劣る。だが体が大きくならない、という利はこの場合とても大きい。相手の手足に触れられない以上、自分の手足が大きすぎると勝ち目がないのだ。

普通なら、奨励されない戦い方だ。だが立ち会う者達は、文句を言わない。先日の試合を見た彼らも、これが正しいと認めているのだ。

問題は、これからである。力と速さなら、エンヒのほうが上。しかしヤビアの手足は、触れさえすれば相手を切れるのだ。

さあどう戦うのか、と注目される中、エンヒは臆することなく飛び出した。

(やはりこう来たか!)

(こう戦わないのなら、再戦の意味がない!)

機動力を活かして、背後を狙いながら戦うこともできる。だがそれは、再戦を申し出てくれた相手へ失礼なことだ。

エンヒは前傾になりつつ直進し、真っ向勝負を狙う。爪で引き裂くのではなく、貫手《ぬきて》を突きさそうとする。

(ランほどじゃないけど、速い!)

ヤビアもまた、瞬身帯を持っている。それによって一時的に速さを得ることができるが、不完全であっても神降ろしには及ばない。

あくまでも小さい動き、最小限の動きで対応しなければならなかった。緊張するのは、ヤビアも同じである。

エンヒの貫手に対応するべく、右手で防御しようとする。

だがしかし、エンヒは途中で動きを止めた。貫手がヤビアに触れる直前で、動きを切り替えた。

「ごふっ！」

ヤビアが右手で防御しようとしたことで、前刃の構えが崩れた。その隙をついて、エンヒは前蹴りを腹部に当てていた。

強化された体による蹴りが、無防備な腹部に当たる。それはそのまま、決着を意味していた。

「……卑怯な技と罵《ののし》るか」

「いえ、これは正道でしょう……受けられない私の未熟です……」

殴ると見せかけて、途中から蹴りに変える。普通の体術であり、四器拳にもそうした動きはある。

もちろんヤビアも想定していたが、受けられなかったのは彼女自身の未熟だった。

「……参りました」

ヤビアは蹴られた腹部を押さえつつ、静かに負けを認めた。

先日大恥をかかせてやった相手に、あっさりと負ける。それは正に化けの皮がはがれるような醜態だが、負けたヤビア本人はどこか安堵したような顔だった。

「私は最善を尽くしましたが、貴女のほうが強かった……」

納得のいかない勝利よりは、納得のいく敗北のほうがいい。それを受け入れたヤビアは、エンヒの強さを称えていた。

「……四器拳、ヤビア。再戦をしてくださって、ありがとうございます」

敗色濃厚とわかってあえて戦ってくれた、自分へ汚名返上の機会をくれた。隠棲していた天才ではなく、田舎の拳法家の落ちこぼれ。そう知った上で、エンヒは感謝を示していた。

「そこまでだ。ヤビアを法術使いのところへ連れて行ってやれ」

先日の御前試合では、勝者を大仰に褒めていたハーン。しかし今回はそんなことをせず、ただ敗者の治療を命じていた。

（そうだ、これでいい、これ以上は惨めになるだけだ）

称えられなかったエンヒはしっかりと頭を下げた。

周囲の誰もが彼女を賞賛しないが、それでもよかったのだ。この再戦を許され、多くの人が見てくれた時点で、過分なほど報われている。

これで褒められようものなら、それこそ褒め殺しというものだった。

「ヤビア殿」

「何でしょうか」

苦しそうにしているヤビアは、控えていた口の堅い従者に連れられていく。その彼女へ、エンヒは短く伝言を頼む。

「トオン様へ……申し訳なかったと」

「……伝えます」

あの日勝っていれば、もっと強い言葉を言えた。だがこのお情けの再戦で、それを伝えることなどできない。

そう、これも含めて、この再戦の限界はここまでだった。

指標

喝采も拍手もなく、第一試合は終わった。

次いで始まる第二試合、シャンチ＝ケスリ対爆毒拳《ばくどくけん》スジ。彼女達の戦いは、とても静かな緊張のなか始まった。

だがそれは、決して悪い緊張ではない。対峙している二人は、雑念にとらわれることなく相手へ集中していた。

それは周囲にも伝わっており、それを乱すまいと音を立てないように気を使っていた。

（手や足で触れたものを爆破する術か……術理がわかれば、四器拳ほど脅威ではないが……）

四器拳は防御に秀でており、実態がわかっても手を出しにくい。

だが爆毒拳は、その限りではない。両手両足が脅威であることは事実だが、防御力はさほどでもない。

加えて好きな時に爆破できるという点も、考えようによっては一拍空くということ。

四器拳ほどの即効性はなく、触れても爆破される前に倒す、ということも可能だろう。

（やはり、足の裏から爆破を行うのは控えているな。ここが王宮だからか……）

そして『地の利』もある。ここが屋外なら何をどう爆破してもいいが、ここは王宮の一部。

床を爆発させるとなれば、周囲の貴人へ被害を及ぼしかねず、しかも『高級な建物』へ被害を出しかねない。

それを気にしてか、スジは地雷となる足の裏からの浸透を行っていない。これでは、ケスリが有利に過ぎた。

「ふぅ……」

スジ達が実力不相応の勝利に不満を持ち、その結果自分達との再戦を願ってきたことは聞いている。それは目の前の潔い顔からしても明らかだろう。

だがしかし、これで近づいて殴って勝つ、というのはケスリにとっても耐えがたい。

だからこそ、彼女は神降ろしを使わずに近づいていった。文字通り素のままで、スジに勝とうとしたのである。

「そういうことであれば」

ならば、とスジは自分の宝貝を捨てた。あくまでも爆毒拳だけで対抗しようとしたのである。

こうなればスジが有利だった。宝貝は捨てても爆毒拳を使わない理由はないので、神降ろしを使わないケスリのほうが不利である。

体のどこでも掌で触れれば勝ち、それは明らかに有利だった。爆毒拳自体がそれを目的にしている体術であるため、なおさらのことである。

ここまでくると、ケスリは勝利を捨てている、戦う意味がないほどだ、とさえ思われた。

だが実際に戦いが始まると、その考えはぬぐわれた。

「ぐぅ！」

頭や腹を狙わず、相手の手足のどこかを触ろうとするスジ。この条件下における最善を尽くす彼女を、ケスリは悠々とあしらっていく。

相手の狙いがはっきりしていて、掌と足の裏だけに気を使えばいいとはいえ、格闘戦で相手に触らせもしないというのはよほどのことだろう。

「うっ！」

逆に、スジには打撃が入っていく。

お互いに力を強化せず、己の五体だけで戦っていくからこそ、本来の実力差が浮き彫りになる。

そう、スジは弱い。他の三人と同じように、もともと落ちこぼれである。

もちろんそれは、他の者達にも看破されていた。試合前にスクリンが評したように、各国の実力者もスジ達が弱いとわかっていた。

やはり弱かった。スジ達が勝ったのは、やはり実力ではなかった。それ以外の要素、特別な武器や戦術によるものだった。

（それでも……戦ってくれたのか）

馬脚を露《あら》わすという言葉がある。演劇で馬に扮していた役者が、自分の姿を見せてしまう、本性を露わにするという意味だ。

先日、公衆の前で強者を演じた者が、もう一度戦うと弱かった。なるほど、適切なのかもしれない。

だが彼女達は、自ら進んで己の至らなさを露わにしている。

「ごふ!」

ついに、ケスリはスジを殴り倒した。

爆毒拳は身体能力を強化するわけではないので、未熟者ならばなんの術も使わない戦士にも負け得る。

「……見事だ」

だがこうなるとわかった上で、スジは戦ったのだ。みっともない姿をさらすために、あえて戦ったのだ。

もう去っていくこの国で、自分が弱いと示して帰るのだ。それのなんと潔いことか。

ハーンは素のままで戦って圧勝したケスリではなく、自分の土俵で負けたスジを称えていた。

事実、勝ったケスリは申し訳なさそうで、スジは腫れ上がった顔のままで晴れ晴れしている。

やはりスジとケスリも、無言のまま去る。

代わって入ってきたのは、ドンジラ=ガヨウと酒曲拳《しゅきょくけん》カズノ。

双方ともに構えるが、これには貴人達も難しい顔をしていた。

(平衡感覚を狂わせる、見えない力場、だったか……)

酒曲拳と戦う者は、手足だけ見ていればいいわけではない。相手に見えない力で、ある程度遠くへ術を及ばせることができるからだ。

神降ろしで強化していれば、その術にもしばらくは耐えられる。それは実際に食らったガヨウだからこそわかる。

しかし最大強化を行えば、体が大きくなって死角が増える。では人の大きさを保ったまま戦えばどうなるか、それは試してみないとわからない。

(元より負けた身だ……勝ちに徹する気はない！)

ガヨウは自ら接近戦へ身を投じる。

人の大きさのまま獣となり、不可視の力場を操る術者へ走っていく。

それは罠が隠されていると知った上で、勇敢に足を踏み出す行為だった。

それを見て、カズノもまた覚悟を決めた。

(前と違って、勝ちに来たわけじゃない。でも負けに来たわけでもない！)

カズノは組み技の構えのまま、自らも前へ出た。それによって、双方に駆け引きが生じる。

(まさか……まだ出してないのか！)

肉体が強化されているガヨウは、しかし全力疾走するわけにはいかなかった。全力で走って転倒すれば、それだけで戦闘不能になりかねない。強化をしつつ、速度は加減していた。

だからこそ、カズノでもある程度は見切れる速さだった。

（いつ、いつ出すんだ！）

数秒どころではない、ほんの一瞬の駆け引き。

カズノが力場を出すのが早すぎれば、平衡感覚が狂っても、なんとかこらえて戦おうとするだろう。

だがカズノが力場を出すのが遅すぎれば、ガヨウの攻撃が達する。そうなれば、そのまま一撃だった。

（ここだ！）

カズノは一瞬の中で勝機を見出そうとした。

困惑しつつも拳を繰り出してきたガヨウ、その手が伸びきる前に術を展開する。

（う！）

酒曲拳の出す力場は、シャボン玉にたとえられる。出した力場を飛ばすとなれば、これはとても遅くなる。だが自分の体から出すだけならば、それは高速で行える。

ガヨウの拳が達するより早く、カズノの力場はガヨウの頭部を捉えていた。打撃の最中で、平衡感覚を失う。それは高速であればあるほど大きなずれとなる。

踏み込んでいたガヨウの体は、攻撃の最中で泳いでしまっていた。

「酒曲拳、二段足払い！」

一本背負いなどの大技ではない、単に踏み込んできた足を蹴っただけ。

だが酒曲拳の力場で揺らいでいたガヨウにしてみれば、間断なく二回も足払いを食らったようなもの。とても耐えられず、転がってしまった。

「く……」

「ふぅ……」

そう、転んだだけ。投げ技によって落とされたわけではなく、ただ転がっただけ。

それによってガヨウが大きく傷を負うはずはなく、それどころか大きく体が動いたことで力場から逃れていた。

ガヨウはすぐに起き上がり、間合いを取り直した。もちろん、何をされたのか理解した上で。

（本当なら、起き上がるより早く頭を蹴るか顔を踏むべきだったのに……とてもじゃないけど間に合わなかった）

酒曲拳は柔道に似た体術であるが、競技ではない。試合の範疇《はんちゅう》では寸止めか、顔の横を踏む程度だが、倒れた相手への追撃として打撃を使う。むしろそれをしないと技として不十分という扱いになっている。

そして実際に、不十分だった。ガヨウは転んだだけであり、まだまだ戦える。

相手が神降ろしとはいえ、頭を踏みつけるなり蹴るなりしていれば、それなりに効果はあっただろう。だがそれができなかったため、戦いは続行となった。

（未熟ね……二段足払いをすることに集中しすぎて、とどめへつなげられなかった）

さて次はどうするか、反省しつつも構えなおしていた両者。

(今の手は見れた……でもこれは、駆け引きの材料が増えただけ……)

(次こそしっかりと当ててみせたいけど……他のやり方を交えるとしても、うまくいくかどうか……)

思考を巡らせる両者、しかし先に動いたのはガヨウだった。

(う、まだ考えが……!)

思考がまとまっていない段階でガヨウが前に出てきて、カズノは思わず怯《ひる》み、体が後ろへ逃げかけた。

(いまさら!　いまさら無様は晒《さら》さない!)

勝ったとしても栄光はないが、勝負で言い訳だけはしたくない。

その意気込みが、ガヨウを前に出させた。気持ちでだけは、負けるわけにはいかなかった。

(まずい!)

その気迫に、カズノは負けていた。体勢を整えようにも、そもそもガヨウのほうがずっと速い。

(ここから出せる技は……!)

だからこそ、とっさだった。

未熟なカズノは、この状況で出せる技を一つしか持っていない。

だからこそ、それを行う。

(あえて下がって……!)

本来なら相手の気勢に負けたふりをするか、あるいは相手を誘ってから出す技だった。今の彼女は、本当に気勢に負けて、相手に先に動かれてしまっていた。

だがそれでも、技の選択は適切だった。

それは、シャボン玉を空中に残して、後ろに下がるような技。シャボン玉を高速で飛ばせないのなら、相手に高速で接近させる理屈。

後ろに下がりながら力場を出して、空中に残す。そして、一歩下がったところで相手を迎える。

(来た……でも一瞬なら耐えられる!)

力場の中にガヨウは飛び込んだ。もちろん酩酊するが、それでも覚悟してさらに前へ出る。

(さらに前へ出てきたところを……!)

力場が見えないということは、効果が発揮されるまで中に入ったことがわからないということ。そしてもう一つ、効果が終わるまで力場を出ることがわからない。

(え……術が切れた!?)

(前へ出て力場から出た瞬間を、摑んで!)

本当に一瞬のことだった。

一瞬だけガヨウは力場に包まれ、酩酊しかけた。だがその効果もまた、一瞬で切れた。

彼女の視点からすれば、カズノはまだ何もしていないのに、いきなり術を解いたようなものだ。覚悟を決めていたからこそ、その覚悟が空を切っていた。

「酒曲拳……覚まし一本背負い！」

その心の隙をついて、カズノはガヨウに組み付く。彼女の服と体毛を掴み、瞬時に背負い投げを行う。

(こ、これは、また……術？　違う、これは本当に天地がひっくり返って……！)

術による平衡感覚の喪失と、体術による直接的な体勢の変更。

それを同時に行うこともあれば、別々に仕掛けることもある。それが酒曲拳の基本にして極意。ただ相手を包み続けて、平衡感覚を奪い続けるだけではない。

それでは、拳法と呼ぶことはできない。

「が……！」

背負い投げ、それ自体は完璧だった。ガヨウが受け身をとれなかったことも含めて、カズノの背負い投げは決まっていた。

これが柔道の試合なら、今度こそ一本だっただろう。だがこれは、試合ではあっても柔道ではない。この場の誰も、柔道の存在さえ知らない。

(しまった……投げで終わった！)

とっさの技を成功させたカズノは、完全に後悔していた。

気勢に負けて技を出したこともそうだが、踏みつけにいけなかったことも後悔している。

（神降ろしの使い手に、締め技は使えない。力で負けている上に爪もある……ここはもう一度仕切り直すしか……）

自分の未熟で、二度も勝ち損ねた。酒曲拳という拳法そのものが優秀でも、彼女自身の失敗によって仕損じた。

技の優秀さを理解すればするほど、己の不手際を思い知る。顔から火が出そうだった。

投げから抑えることはなく、再び距離を取って構える。

（なんて無様な試合……さっきの二人に顔向けできない……）

「……参った」

しかし、それに対してガヨウは戦闘態勢を取らなかった。

「……え？」

この場の床は、石づくりである。もちろん非常に硬く、投げ技が必殺となる地形だ。背中から落ちて、受け身をしっかりとっても、大けがをしかねない。

しかしそれは常人の理屈。神降ろしで強化しているガヨウならば、受け身をとらなくてもさほどの痛みはない。

宝貝の効果を合わせた上で、頭から落としていれば話は違っただろう。だがとっさに動いたカズノには、そこまでの行動はできなかった。

「私の負けです」

実際に、ガヨウは立ち上がっている。

術を解き人間に戻っているが、それでもまだ戦うことはできるだろう。

「で、ですが……」

「貴女が納得していないことはわかっていますが……私もこれ以上、戦う気がないのです」

ガヨウもまた、カズノの技が不完全だったとわかっている。ただ転ばされただけ、ただ投げられただけだと思っている。

これが殺し合いなら、まだ戦っただろう。だがこれは試合である。

どちらが強いのか、どちらの術が優れているのか、それを確かめる場ではない。

「……ここから貴女に一撃を入れたとしても、勝ったと胸を張ることはできません」

「……」

二度も倒し損ねた、というのはカズノの心境。二度も負けかけた、というのがガヨウの心境だった。そしてガヨウにとっては、この試合自体が泣きの『待った』であった。

自力で技を凌いだのならともかく、相手が失敗して命拾いしただけ。それが二回も続けば、もう戦う意欲など残っていない。

これ以上戦っても、なんの意味もない。

「申し訳ありません」

その意気を理解したカズノは謝った。せめてきっちりと技を決めて、きっちりと勝ちを奪うべきだった。

彼女自身、まだやれるという思いがあるであろうに、負けを自己申告させてしまった。容易に再戦できない身である、半端な結果を詫びていた。

「いえ……酒曲拳の技を、堪能させていただきました」

先日の試合では、ただの術と宝貝だけが目立っていた。だが今回の試合では、カズノが学んだ技を見ることができた。それも、貴人達の前で。

であれば、彼女が戦った意味はある。そう受け入れて、ガヨウは去っていった。

そうして、今回最後の試合に回る。デイアオ＝ヒンセと霧影拳《むえいけん》コノコの試合である。

(さて……アレをいい試合だとは言えないけども、誠実ではあった。さて、私はどうすればいいのかしらね。相手は実体のない幻を操る使い手……だからこそ、私の立ち回りも難しい)

神降ろしと酒曲拳の戦いは、事前の想定通り、どっちが勝ってもおかしくないものだった。

だが神降ろしと霧影拳では、優劣以前の問題である。前の三つと違い、霧影拳は虚をつくことに特化した技である。であれば、そもそもこうして手の内を知られた状態で、真っ向勝負をすること自体が、既に流派の筋から外れている。

(まあ、それでもやるんだけどね)

(それでも彼女は、ここにいる……！)

霧影拳は、もともと隠し武器を多用する拳法である。よって、宝貝という新しい隠し武器にも、比較的簡単に適応していた。

だがそれを、彼女は使う気がない。

（霧影拳の極意は、何をしているのか、対戦相手にも観客にもわからせないこと。でもそれは、今は意味がない……なら）

影降ろしは自らの分身しか作れないが、霧影拳は何でも作れる。実体がないからこそ、逆に創意工夫が試される。

「霧影拳、不実炎幕！」

コノコがヒンセに対して放った幻覚は、炎の壁であった。

視界を完全にふさぐ、炎の壁。熱も光もない、ただの『絵』のような炎だったが、それでも一瞬は面食らう。

（視界を奪った……それは当然のこと！）

実体がない幻だと知られていても、極めて有効に働く使い方。それは視界を遮ること。

相手の視界を好きにふさげるのであれば、それだけでも大いに役立つ。だからこそ逆に、想定できる一手だった。

（いまさら何を恐れるものか！）

ヒンセもまた、勝ち負け度外視でここにいる。

勝ちに徹するのならともかく、コノコと戦うこと自体が目的の彼女である。

ならば前進あるのみ、ヒンセは獣の姿へ変わりながら炎の幕に突入する。

「霧影拳、絨毯《じゅうたん》引《び》き」

その、一歩目の感触。足の裏の踏みごたえが、おかしかった。

炎の幕は一瞬で消え去り、誰もがコノコが何をしているのかを目にした。

炎の幕を目くらましにして、床に『布』を敷いていたのである。その布の上に、ヒンセは乗ってしまっていた。

「しまっ……！」

子供のいたずらのような『罠』だった。

相手が乗っている布を、思いっきり引っ張る。とても単純だが、完全な神獣になっていないヒンセには有効だった。よほど重いか、あるいは四足歩行ならばまったく問題ではなかったが、二足歩行で人の大きさのままでは、この児戯も有効に働く。

別に素っ転ばせる必要もない、ただ大きく姿勢を崩せばいい。その隙をついて、拳に隠し武器を握り込んだコノコが踏み込む。

鉄拳と呼ばれる、メリケンサックのような隠し武器。打撃の威力を上げた上で、無防備なヒンセに挑む。

「なんの！」

姿勢を崩されたヒンセだが、完全に転ぶわけではない。獣の姿になっている彼女は、完全に成功していたはずの奇襲を、身をよじりながら回避していた。

「！」

「は！」

そして身をよじり、体勢が不十分なまま、蹴りを入れていた。

万全にはほど遠い威力だったが、それでも神降ろしで強化された蹴り。

ただの一撃で、コノコを悶絶させるには十分だった。

（まあねえ……こうなるよねえ……）

奇襲自体は成功した、技も完璧だった。それでも相手が神降ろしで、しかもスナエより強ければ、こうなって当然。

だが負けるべくして負けたコノコは、カズノよりは満足した顔で膝を折って倒れていた。

（本当は勝負にならないぐらい強い人なんだもんね……だから、これでいいのよ……。ねえ、ラン）

この場にいない自分の仲間へ同意を求めながら、彼女は負けに満足していた。

そしてそれを見下ろすヒンセもまた、この勝ちを受け入れていた。

「……ありがとう」

コノコはわざと負けたわけではない、ヒンセが避けつつ反撃しなければ、一本取られていた可能性もある。だがそれでも、神降ろしの顔を立てる戦い方をしていた。

わざわざ接近して殴りかかってきてくれたのだから、他に受け止めようがなかった。

「ええ、本当に……ありがとうございました」

そう言ったのは、ハーンではなかった。試合が終わったことを認めた上で、諸国の貴人、王族達が静かに、アルカナ王国の選手を称えた。

デイアオ＝ウトウ、マジャン＝トレス、バイゴウ＝シヨキ。この場にいながら、再戦をしなかった三人はことさらに心を込めて称えていた。

「ハピネ・バトラブ殿、この度は誠にありがとうございました。娘へ再戦の機会を与えてくださっただけではなく、このように顔を立てていただいて……」

テンペラの里の四人が負けていった、力不足を露呈していったところを見て、複雑そうなハピネ。その彼女へ礼を言ったのはドンジラ＝ガヨウの父、ドンジラの国王だった。

マジャン王国へ向かう途中で宿を貸してくれたお人であり、同時に帰りもお世話になる方である。

「いえ……彼女達は未熟ながらも戦士……戦術を用いて、格上の戦士達に圧勝したことが心苦しかったのです。ただそれだけのことであり、御礼を言われるようなことではありません」

「……そうでしたな」

「むしろ、こちらこそ御礼を……彼女達もより一層、今後の修練に身が入るでしょう」

今回のことで、各国の王族達の溜飲も下がっていた。

見世物ではないが、しかし誇りをかけた戦い。それは確かにまっとうされ、勝ち負けにとらわれぬ結果に至った。

そして安堵できることもあった。決して他言することはないが、教訓自体は王族貴人の心に刻まれたのである。

(王気神降ろしは、決して弱くない……むしろアルカナでも強いのだろう)

(こういう相手がいるということを知り、半端な状態で戦うほうがいいこともわかった……)

(神獣になれば誰にも負けない、という考えは危険だということだな)

今まで自分達が信じてきた、親から伝えられ、培ってきたすべてが間違っているというわけではない。

狭い世間の中で強いと勘違いしていた井の中の蛙ではない、初めて見た罠にかかった獅子のようなもの。

恥じるべきではあるが、卑屈になるほどではなかった。この結果に対して、少なからず安堵もしている。

だがしかし、それは先の四人に限る。伝説以上の力を持っていた銀鬼拳《ぎんきけん》ランや、切り札の二人はその限りではない。

彼らは強すぎた。この場の全員でかかっても、勝てるとは思えないほどだった。

「ハピネ殿。あえておうかがいしますが、伝説に聞く凶憑《まがつ》きをいかにして従えたのですか」

「アルカナ王国には、何か特別な術でもあるのですか？」

特に既知の存在である凶憑きが、なぜスナエに従っているのか。それは王族達も気にしていた。

聞かれると想定していたことに、ハピネは深呼吸をしながら答える。

「確かにアルカナ王国には、約束を結んだ相手へ罰を下す希少魔法、呪術があります。ですがそれも、相手から合意を得てからのこと。罰を与えるだけの術一つで、凶憑きを屈服させるなどできるわけもありません」

他でもないツガーこそがその術者であり、実際にやってみせることもできる。だがそれだけではないと、彼女は言い切った。

「彼女が屈服するまで、何度も叩きのめしたのです」

口にしているハピネ自身が、呆れるほどに力技であった。

聞いている者達も、当然驚いている。だが同時に、納得もしていた。

「最初は伝説通りに凶暴なランでしたが、スナエ王女やサンスイに負けたことで己が最強ではないことを認め、呪術を受け入れたのです」

自分が最強だと信じていたから、傲慢に振る舞っていた。自分が最強ではないと何度も教えられて、ようやく負けを受け入れた。

マジャン王国周辺の者達がむしろ拍子抜けするほど、実に当然の理屈であった。

「なるほど……凶憑きは殺さねばならぬと考えておりましたが、叩きのめして屈服させるというのは普通の強者相手と変わりませぬな……」

「ええ、それならば王族の威信に傷がつくこともない……」

なぜそれが思いつかなかったのか、というには、神降ろしの開祖と凶憑きの逸話が有名すぎたのだろう。

そして凶憑きを宿す者は危険だ、ということはハピネもよく知るところである。むしろ自分で直接凶憑きだったランを見ていた分、この場の王族達よりも危機感は持っている。

「ですがそれは……」

「簡単じゃあないな」

ハピネの言葉にかぶせたのは、ハーンだった。

「神降ろしの使い手に凶憑きを殺すことが義務付けられているのは、逃げた時どうにもならなくなるからだ。屈服させるって言ったって、途中で逃げ出すこともある。そうなった時、逃がした王家はどれだけ責められるやら」

あえてハーンがハピネにかぶせたのは『各王でも凶憑きを従えるのは難しい』というひと言を彼女に言わせないためだった。

事実であっても、ハピネが言うと角が立つこともある。

「それに……凶憑きの倒し方も、学習させれば対応される。実際にそれでデイアオ＝ウトウも負けた……発勁《はっけい》と呼ばれる術を除いても、成長した凶憑きは厄介だろう」

そこまで言って、ハーンは黙っていたソペードの当主を見た。

「シロクロ・サンスイ……凶憑きがどれだけ成長しても、絶対に負けないと言い切れるほどの猛者《もさ》。凶憑き以上の伝説、不老長寿の仙人……一体どうやって従えたのか……」

「少々縁がありましてな……運がよかったとしか申し上げようもない」

ソペードが山水を従えるため、膨大な労力を支払ったという事実はない。単に巡り合わせであり、従えたこと自体を誇るのはおかしなことだった。

だがそれはそれとして、自慢できる配下であることは事実だった。

「ですが、サンスイがいるからこそ通っている無茶もあるのです。サンスイは誠実で、謙虚で、他の強者の規範となっています。ランやサイガ殿が才能に溺れず鍛錬にいそしんでいるのも、サンスイという高い目標あればこそ、と勝手に思っているほどで……」

神が認めるほどの絶対的な『最強』、スイボク。その彼が自信を持って送り出した、若き仙人・白黒山水。その価値を、彼は改めて噛みしめていた。

「……やはりどの国も同じだな。一番強い者こそが、一番正しくないといけねえ」

もうすぐ王位を譲る男、マジャン＝ハーン。先日まで病気で倒れていた彼は、しみじみと己の力不足を悟っていた。

「アルカナ王国という遠い地に、俺達の知らぬ強者が大勢いる。それを知った以上は、今まで通りとはいかねえ」

それはこの場の王族貴人も同じこと。先日スクリンが『その危機が来るのは何十年後の話だ』と言っていたが、いざ危機が訪れてから慌てても遅いのである。

むしろ何十年後か先のために、今から動かなければならない。

離別

夜の試合。王族達だけが見ている、あってはいけない再戦。

それが行われている間、マジャンの王子や王女達は、一つのところに集まっていた。

もちろん、いまさら祭我のことを取り合うわけではない。彼ら彼女らは、いよいよお別れとなる、スナエとトオンへの送別会を開いていたのだ。

「トオン兄さま……いよいよ遠い国へ婿入りしてしまうのですね……」

「スナエのことはともかく、トオン兄さまとのお別れは悲しいです……」

「またマジャンに帰ってきてくれますよね？　そうでなかったら、私達が会いに行きますから」

と、長兄であるトオンを惜しむ妹達。

「なあトオン兄……言っちゃあ悪いけどよ、アルカナ王国じゃあいじめられてたりしてないか？」

「そりゃあトオン兄ちゃんは強いけどさ……神降ろしの使い手をあんな風に倒せる奴らがゴロゴロいるんだろ？」

「嫌な思いとかしてないよな？　してるんだったら、このままここに残るとかさあ……」

と、やはり長兄を案じる弟達。

「ねえスナエ、何かあったらトオン兄さまを守ってあげてね、貴女の命に代えても」

「そんなこと言ったらかわいそうよ、トオン兄さまに迷惑かけないようにするのが精いっぱいじゃない」

「スナエ姉ちゃん、また家出とかしたらだめだよ！　そんなことしても、マジャンに入れてあげないからね」

スナエへ話しかける姉妹達。

「そもそもスナエは、勝手に国を飛び出したしなあ……トオン兄から聞いたぞ、お前向こうの国でも普通にマジャン王国の王女だって名乗ったんだろ？」

「うわあ……勝手に出ていったくせに、王女だなんて名乗るなよ……恥ってものを知らねえのか」

「スナエ姉ちゃん、最悪だな」

スナエを怒る兄弟達。

「ぐ、ぐうう……」

相手がハピネ達であれば、もっと怒ることもできただろう。だが兄弟姉妹達全員から怒られていれば、さすがに反論などできるはずもなかった。

「兄上と私で、皆の態度が違いすぎる……」

「当たり前だ！　勝手に出ていった家出娘と、親父から許可をもらった兄貴が一緒なわけねえだろう」

「そうよ、今日はお説教の日だもの」

先日までの持てはやしぶりや、祭我に関する持ち上げはどこへやら。誰もが真面目に、真剣になっている。

とはいえ、むしろこちらのほうがまともだとわかっているので、スナエはやはり反論できずにいた。

「見栄えとか自慢できるとかを抜きにしたら、外国の貴族の入り婿に嫁ぐって相当だからね」

「いくら神剣エッケザックスの使い手で、あれだけ強かったとしても……ねえ？」

「そうそう、凶憑きも部下にしちゃってるし……大丈夫なの？」

蔑《さげす》むとか馬鹿にするとかではなく、本気で心配している。

（まあ確かにそれもそうだが……）

いつだって、本気で心配してくれる人が、本当に大事な人である。

スナエの人生を客観視する姉妹や兄弟達は、彼女の今後を危ぶんでいた。

実際のところ、祭我は山水から『お前もっと人生を深く考えて生きろ』と言われている。

そんな祭我へスナエも説教をしたことがあるが、祭我と結婚しようとしている彼女も周囲から見れば同じことだったわけで。

「大丈夫だ！　サイガは立派な戦士だし、ハピネもその親も立派な貴族だ！　だいたいここまで挨拶に来た時点で、そのあたりは理解してくれ！」

「いや、わからないし」

「それはこう、外聞の話だろ。実際はどうなんだ」

「だいたいお前のことがまず信頼できない」

家出娘が『この人は立派な男です』と主張しても、まったく説得力がない。

「ははは！　スナエ、これも仕方ないことだ。せいぜい叱られておけ！」

一方で、この国でも評価の高いトオンは、やはり怒られることはなかった。

人間、日頃の行いが評価を決めるのである。

「あ、兄上……兄上の口からも、サイガや私のことを……」

「そうだな……正直に言えば、どちらも危うい」

信頼できる人間からの信頼できる、確かな情報。それは正確であるがゆえに辛辣《しんらつ》であった。

「やっぱりな」

「ああ、うん……そうだよね」

全員がトオンの意見に同調している。それはトオンが言うのなら、という考えではなく、自分達の考えとトオンの意見が一致していたからだろう。

むしろ、周囲が思うことを率直に言えるからこそ、信頼できる人物なのだと言える。

「だがしかし、それは誰しも同じことだろう。確かに入り婿へ嫁入りするのは不安だろうが、重責を背負う立場になれば、血のつながりなど些細なこと。大事なことは、どれだけ真摯に役目を果たし、まっとうするかだ」

トオンは思い出していた。フウケイが現れたあの日、ランや祭我と共に戦ったことを。

強大な敵を前に、むしろ叱咤してくれた彼のことを。

「確かにサイガは未熟だが、年齢相応の未熟さだ。だからこそ父上も厳しく接しこそすれ、見放さずにいてくれる。本当に箸にも棒にも掛からぬ輩なら、それこそもうとっくに殺しているだろう。もちろんそれは、スナエに対しても同じだな」

「兄上、私やサイガのことをそう見てくださっているのですね……」

「だが未熟であることに変わりはない。お前達はどんどん心配してやれ」

「……兄上」

「スナエ、忠言耳に逆らうという。兄弟姉妹の言葉を忠言というのもおかしい気がするが、ちゃんと聞いておけ」

未熟さを受け入れるということは、逃げ文句ではない。むしろ己の中の未熟さと向き合い、周囲からの忠告を聞き入れるということである。

よって……正しいことを言われれば、わかりましたと頷くしかなかった。

「ヘキ、お前からはないのか？」

「……まあなあ」

次期大王の有力候補であるヘキは、じろりと弟妹達を見回した。特に、スナエの周りにいる者達を。

「スナエが悪いのはもっともだが……」

（ヘキ兄もそんなことを言う……）

「今回の騒動、ケリをつけたのはスナエの手腕だろう。それなのに偉そうなことを言うのは、さすがに話が違う」

次期大王らしく、きっぱりとしたものだった。

「あの騒動を綺麗に収められる奴が、他にいるのか？　いねえだろう、いたらもうなんとかしているはずなんだからな」

今度はスナエ以外の者達が黙っていた。確かにその通りである。

「親父の病気も含めて間が悪かったのは本当だが、それでも兄貴やスナエが帰ってくる前に、俺達で片づけておくべきだっただろ。なのに嫁入りするスナエが、旅先で捕まえた男や部下でだいたい解決したんだぞ。お前達にそれだけの部下がいるか？」

情けない、とヘキはため息をついていた。

「理屈で言えば、スナエが王になってもいいぐらいだ。まあスナエを王にしたら国が滅ぶだろうが……」

（そこまで言わなくても……）

「俺達はスナエをどうこう言うよりも、まず自分達の非力さを反省するべきだろ」

弟妹達がなんだかんだと棚上げにしていたことを、彼ははっきり口にする。

「スナエ、こう言っちゃなんだが……お前は旅に出て正解だった。ここで腐ってる他の兄弟姉妹よりも、お前はずっと立派にマジャンへ貢献したぜ」

「ヘキ兄……」

「許可取って出てればもっとよかったんだがな」

「……はい」

「まあ第一王妃サマの御意向もあるし、親父だって王位継承権のあるお前をそうそう手放せなかっただろうが……」

トオンはたまたま影気《えいき》を宿していただけで、その血統に生まれたわけではない。だがスナエは王気の血統であり、その力を操れる。現に祭我へ、神降ろしという技術を流出させてもいる。

まあつまり、彼女を国外へ出すのは、王の立場からしても難しかった。ましてやマジャン周辺の文化圏から出すとなれば、正式な許可など出せなかったはずだ。

「でもまあ、お前も当てがあったわけじゃないし、たまたまだし。やっぱり褒められないんだけどな。他の奴らが真似すると困る」

（念入りに否定してくる……）

「だが結果は結果だ。お前が得た部下は、お前が育てた男は、この場の誰よりも強い」

彼はまっすぐに、スナエを称えていた。

「悔しいが、お前に先んじられるとは思わなかった。俺もこれから、お前に負けないぐらい強い部下を育てて、お前に負けないぐらいすげえ伴侶を得てみせる」

その立派な姿勢に、トオンは感じ入っていた。やはりこの弟が、この国を背負うべきだと、次の王なのだと認めていた。

少し寂しいが、安心もできた。

「そのうち俺達もアルカナへ使節を送るからな、その時はお前の嫁ぎ先で恥かかせてやるぜ」

「……そうならないように、私も精進します」

それはスナエも同じだった。もっと穏やかな帰郷であってほしかったが、それでも安心してこの地を去れる。

「……不思議なものだ。こうして弟妹達に見送られて、この国を去るのは二度目だというのに、一度目の時よりも寂しさが深い」

トオンはしみじみと、弟妹達へ胸の内を明かす。

「やはり別に帰る先があるということだろうな……」

わかり切っていたことだが、トオンはこの国にいなくてもいい。むしろいないほうがいいのだと、それを再確認する帰郷だった。

「兄貴……」

トオンとスナエは、もう別の国で暮らす。それを再認識した兄弟達は、いまさらのように静かになって、ただ二人と握手や抱擁をしていた。

×　×　×

そのころ、祭我は山水と一緒だった。

自分達に与えられていた部屋で、静かに過ごしていた。

「山水は嫁と相談しろって言うけどさ、こればっかりは言えないから、山水に相談するよ」

「なんだ」

「……よその家のお嬢さんを嫁にもらうって、大変なんだな」

ものすごくいまさらのように、祭我はそんなことを言った。

「そうだな」

本当に、何をいまさら、というところだった。だが実際にやってみないと、わからないこともある。

来る前に散々緊張して、嫌われたらどうしようとか思っていて、実際に来てみたらもっと大変だったりもする。

「俺はスナエをもらうんだなあ……」

アルカナ王国とマジャン王国は、とても遠い国だ。そう簡単に行き来などできない。

つまりスナエとトオンは、自分の意思で家族と別れなければならない。

「当たり前だけど……重さがわからなかったっていうか……スナエとトオンさんは、傍にいるのが当たり前だったっていうか……」

「わかるよ」

もともとスナエもトオンも、自主的に故郷を出てきた。その二人がアルカナにいても、最初からそういうものだと思い込んでしまった。

二人が結婚するということになっても、今までと変わらないのだと思ってしまっていた。

だが実際には、だいぶ違った。それは最初からわかっているべきことだったのに。

「俺もブロワと一緒にいるのが当たり前すぎて、結婚するってなった時もそんなに実感がわかなかった。でもまあ……ご両親の胸の内を聞くと……まあ、違ったよ」

スナエもトオンも、できるだけ多くのものをこの地へ残そうとしている。

故郷へ恩返しをしたいのは、もう帰ってくることが難しいから。

「俺、スナエのことを全然知らなかったんだなあって……」

「俺なんかずっとブロワと一緒だったのに、全然知らなかったよ」

恥じる気持ちが深い。やれと言われたことをやってきただけで、果たして自分達は『お嫁さん』やその家族と向き合ってきたのだろうか。

「山水……俺さあ、馬鹿だからわからないんだ。どうすればいいと思う？」

「そりゃあ……俺が聞きたいぐらいだけども……」

山水は思った、アルカナに残してきた妻子のことを。

「まずは幸せにしないとなあ」

「どうやったら幸せにできるかって話なんだけど……」

「それも俺が聞きたい」

共に強大な力を持ち、高貴なる身分に近い者達。

男として、夫としての彼らは、まだまだ未熟だった。

幸福

マジャン＝トオンとマジャン＝スナエがアルカナ王国という遠方の国で、婿入りし嫁入りするということは既に国民も知っていた。

アルカナ王国に対する認識も、名前も知らない田舎な国、ということもない。

二人の母であるスクリンが各地から集めた王女達と試合をして、アルカナ側が七戦七勝の大勝利。

やはりトオンが婿入りするだけのことはある、と国民の誰もが感嘆していた。

一方でスクリンを哀れみつつ、親子の確執を憂う者もいたが、それも小さなもの。

マジャン＝トオンとドゥーウェ・ソペード、マジャン＝スナエと瑞祭我《みずさいが》。この二組の結婚式が行われるということで、国民は沸き立っていた。

そしてその当日……。

「どう、似合うかしら」

手で引っ張ればちぎれてしまいそうなほど薄い、反対側が透けて見える布。それをふんだんに使った、マジャン王国のウェディングドレス。それを着ているドゥーウェが、自分の父親と山水の前に立っていた。

控室の中にいる三人は、いよいよ始まる本番を前にして、最後の談笑をしていた。

「ああ……綺麗だぞ、ドゥーウェ……」

「ええ、お嬢様。大変お綺麗です……」

さすがはドゥーウェである。本当に本人が思っている通り、何を着ても似合う女性だった。

本来ならこの国の女性に相応しい民族衣装も、完全に着こなしている。化粧も映えており、トオンの隣に立っても彼に負けないだろう。

まさに美男美女、という具合のはずだ。

「はぁ……」

その彼女を見て、ソペードの先代当主は感嘆する。美しくなった自分の娘が、美しいドレスに身を包み、結婚式の花嫁として出る。

その事実に、彼は感じ入るしかなかった。溺愛していると言っても過言ではなかった娘が、いよいよ他人の男のものとなるのである。

そのためにこの国へ来たのだが、それでも感じ入らざるを得なかった。

「ああ……」

なお山水も、同じような心境だった。幼いころから彼女の傍にいたので、それこそ兄のような気分である。

間違っても絶対に彼女と結婚したいわけではない。だがそれはそれとして、美しい彼女には感動してしまっていた。

「ふふふ……まったくだらしない男達ねえ。普段は偉そうにしているくせに、花嫁一人を前にして言葉を失うなんて……情けないにもほどがあるわ」

嫌味を言う彼女だが、顔は笑っている。それこそ、とても幸せそうだった。

そしてその彼女が、今の自分を本当に見せたい男もまた、その控室へやってくる。

「ドゥーウェ……」

晴れ着になっているトオンが、幸せそうに笑いながら入ってきた。

その姿は正に男の中の男、王子の中の王子であった。

最高の男からの最高の笑顔を向けられて、思わずドゥーウェも言葉を失う。

「……トオン」

「ああ……ふふふ……まったく、絵にも描けないとはこのことだ。君をこのまま独り占めにできず、多くの者へ見せなければならないことが本当に悔しいよ」

「あらあら、私は逆よ。貴方を見せびらかせることが、本当に誇らしいわ」

花嫁と花婿がそこにいた。結婚式の理想像が、そのままそこにいる。

「……ごほん」

涙をぬぐいながら、先代当主は自己主張をする。今日は彼らが主役ではあるが、それでも挨拶はしてほしかった。

「トオンよ……その、なんだ……まあ……今日はいい天気だが……結婚式日和ではあるが、これに慢心せず……うむ……」

いろいろと迂遠《うえん》なことを言った後で、『父親』は婿に頭を下げた。

「娘を頼む」

「……はい」

どこにでもありふれた光景なのだろうが、それでも至上の幸福だった。

娘を託す父親も、託された婿も、花嫁も、それを見守る剣士も。誰もが幸福に満ちていた。

×　×　×

結婚式の式場は、マジャンの王宮だった。

その大広間には、これでもかと大量の、豪勢極まる絨毯が敷き詰められていた。

それらの上には、やはり豪華な座布団が置かれ、その上に各国の王族達が座っている。

その中には、トオンと結ばれたがっていた、先日の七人も列席を許されている。誰もが涙を流し、その式を見ていた。

大量の花が撒かれる中で、次期王であるヘキが式の進行を担っている。

もちろん一緒に、スナエと祭我もいた。二人は王家の習わしによって、共に神獣となっている。雌獅子と雄狼となった二人は、やはり豪華な結婚衣装を身にまとっているが、それでも視線をさほど感じない。

(みんながトオンさんとドゥーウェを見ているなあ……)

苦心して習得した神獣の姿に、注目が集まっていない。その事実に悲しくなるが、祭我も認めてしまうほど、トオンとドゥーウェは素晴らしい夫婦であった。

これでは完全に添えものだな、と自虐するほどである。

(まったくその通りだ、お前もそう思っているようだしな)

そんな彼へ、スナエが小声で話しかける。

(だがだからこそ、お前ぐらいは私に夢中になってくれ)

(……そうだったね、ごめん)

祭我は改めて、顔を上げる。巨大な獣の姿を保ちつつ、わずかにスナエへ体を寄せていた。

その姿を見るハピネは、少し悔しそうで……。

「綺麗ですね、皆さん」

嬉しそうに笑うツガーに、少しだけ強がりを言う。

「ふん、祝いの席で変なことを言うほど、私は無礼じゃないわ」

本当は悔しいぐらいに、スナエが羨ましかった。それほどまでに、ここは祝福に満ちていた。

「マジャン＝トオン、マジャン＝スナエ……王家に連なる、我が兄弟達よ」

ヘキが、二組の式を厳かに執《と》り行う。

「遠い地へ行く兄妹よ……祖霊に恥じぬ、相手を裏切らぬ、己を取り繕わぬ、よき夫婦になることを願う。新しき門出へ、祝福のあらんことを」

ここで拍手が起きた。今までよりもずっと多くの花びらが舞い上がり、さらに音楽が奏でられる。それぞれの言葉で、二組の結婚へ祝福が行われる。もうこうなれば、固いことはなにもなかった。

四人の式を祝う者の中には、もちろんランとその仲間の姿もあった。ここに、アルカナ王国の目的は完全に達成されたのである。

(きれいだなあ……お兄様やブロワ、レインにも見せてやりたかった……)

涙ぐんでいる山水はその式を見て、残してきた妻子を思い出す。そう、彼もまた戻れば結婚式をする身だった。

第二章
三つ葉と棍棒

復習

マジャン王国での結婚式は、つつがなく終わった。

できる限りのことをして、できる限りを学んでからの、晴れやかな式であった。立つ鳥跡を濁さず、後腐れのない気持ちで祝福を受けて、トオンとスナエは故郷に錦を飾り終えていた。

旅立った故郷へ、別の地で骨を埋《うず》めることを告げるための帰郷。それを終えた二人は、旅立った時とは違う寂しさに浸りながら馬車に乗り込んだ。

その一方で、アルカナ王国の面々はまた違った心持ちであった。その中でも特に、テンペラの里の四人と祭我は、大きく心に感じるものがあった。

いよいよアルカナ王国へ着くという前日、一晩泊まらせてもらった城の中で、一行は話し合いをしていた。

「これはランとも話し合ったことなんですが……私達はまたテンペラの里に戻って修行しなおそうと思います」

ヤビアが、代表して話し始めた。

先日の御前試合では鮮やかな一勝目を飾り、遠い異国の地で四器拳の強さを示した彼女が、情けない顔をしながら周囲の者達へそう言ったのである。

「いろいろな意味で、今回の旅では得るものがありました。やはり私達はとても未熟で、ランの隣で戦えるほどじゃないんです。そしてそれは……試合の経験がどうとかじゃない、私達自身の修行不足でした」

単に修行が足りない、まだまだ未熟。それを認める彼女達は、悲痛な顔をしていた。

才能がないとか家柄がどうとかではない、己達の努力でどうにかできたことができていない。自分達が怠けていた事実を認めるのは、とてもつらいことだ。だがその辛そうな顔が、彼女達の成長を示していた。

自分達の課題を、どれだけ重く受け止めるか。それが課題を解決するための真剣さにつながっている。

「御前試合での勝ちは……勝ちに徹した結果です。スイボク様の宝貝や、エッケザックスの策あってこそ……ランやスナエの役に立てたことは嬉しいですけど、尋常に戦えばあっさり負けてしまいました。ましてや宝貝を使わない私達なんて……ランの隣に立てる状態じゃないんです」

ランがあっさりと倒していた、テンペラの里の『実力者達』。ランの威を借りている時期は馬鹿にさえしていたが、その彼らならばあんな無様は晒さなかった。宝貝を抜きにしても、尋常に戦ってなお勝ち目があっただろう。

もちろん酒曲拳や霧影拳では神獣を倒せないが、獣人形態とならばいい勝負ができたはずだった。

そしてそこまでいかずとも、もっと熟達した者なら、一人前ならば、こんな悔しい思いをせずにすんだ。

「私達はもともと、スイボク様へ里の意思を伝えるためだけに里を出た身です……長く離れることになりましたが、戻って修行しなおそうかと」

「そうか……お前達がそうしたいのなら、そうしたほうがいいだろう」

ソペードの先代当主は、穏やかにそう言った。彼女達の実力が足りないことは、彼も知るところである。それをどう解決するか、彼女達が決めればいい。

新しい技が必要だとかではなく、家の技をちゃんとできるようになりたいというのなら、確かに実家へ戻ったほうがいいだろう。

たとえそれが、歓迎されない帰宅であったとしても。

「君達は強いな。負けがわかっていて尋常の勝負を望み、己よりも強い者がいる故郷へ戻る君達のことは、尊敬さえしてしまう。神降ろしから逃げた私からすれば……羨ましくさえある」

トオンはその決断を賛美した。

影降ろしの剣士という枠組みでは最強とされていたトオンだが、相性によって神降ろしには手も足も出ない。それを辛く思って故郷を去った彼からすれば、同じ術の使い手であっても、格上の待つ故郷へ帰る彼女達は尊敬に値した。

彼女達には、覚悟がある。無様を晒す覚悟があり、馬脚を露わにする覚悟があり、敗北を喫する覚悟があり、屈辱を味わう覚悟がある。

それは決して自慢できない、弱さゆえの、せざるを得ない覚悟。天才ではなく達人でもない者だからこその、凡人の覚悟。

だがそれでも、トオンにはできないことだった。

「……四人とも、今回は一年以上も私に付き合ってくれて感謝する。母の野心をくじくため、故郷の慢心を正すため……お前達の尽力が大きかった」

その一方でスナエは感謝を示した。

初見であることや策を用いただけで、この四人が圧勝したこと。それはランや祭我、山水が勝ったこととは別の価値がある。

どうあがいても勝てない者達が数人いるのと、凡庸な雑兵《ぞうひょう》から一刺しがあるかもしれないと思うのでは、問題の重要性がまったく違うのだ。

「勝ちに徹してくれたことも含めて……感謝しかない」

「いえ……それは違います。勝ちに徹したからこそ、空虚な畏怖や賞賛を受けたからこそ、むなしいのだと知りました。もしもランの尻馬に乗り続けていれば……その虚しい気持ちを味わったのだと思います」

神獣となった他国の王族を、鮮烈に倒した四人。神降ろしを絶対視していたマジャン王国の民は、彼女達へ恐怖さえ覚えていた。

それこそ、アルカナ王国でも屈指の実力者である三人と、同等であると勘違いされるほどに。

それはランと共に里を出た時の、四人が最初に求めていた畏敬である。ある意味では、彼女達は最初の目標を達成したのだ。

鼻高々で意気揚々として、肩で風を切って、周囲からの賛美に応える。それはきっと楽しはずだと思っていた、だが違ったのだ。

身の丈に合わない賛美は、ただ虚しく、恥ずかしい。

「私達はやはり、ランと一緒に里を出るべきじゃなかった。テンペラの里に戻ったことは間違いじゃなかった。それが再確認できただけでも、意味がありました。また里に戻って冷遇されても……むしろ安心できます」

勝つことではなく、強くなること。その重要さを再確認した彼女達四人は、その決意を表明していた。

「……頑張れよ」

それに対して、ランは弱々しいことしか言えない。トオン同様に、彼女達の選択がまぶしく見えていた。

「うん、頑張るよ。マジャンでの賞賛に見合う実力を身につけて……宝貝や策に頼らない強さを得るんだ！」

「そうだな……俺も頑張らないと」

正しく意気込む四人。それを見て祭我も奮起していた。

「マジャン王国で、スナエのお父さんと話をした……人の上に立つ者として、心構えを学んだんだ……それを活かして、立派な当主になる！」

「その意気よ、サイガ！」

「一国の王である父上が認めたお前なら、貴族の当主が務まらないわけがない！」

「私達も、お力になります！」

そんな祭我を、ハピネ、スナエ、ツガーも応援する。

彼女達もまた、マジャン王国で学んだのだ。上に立つ者を傍で支えてこそ、権力者の妻であるのだと。

しかしその一方で、ランは冷ややかな目をしていた。同郷の四人も、同じような目をしている。

「なあサイガ……非常にいまさらだが、お前は次期当主として民に認められているのか？」

本当にいまさらなことを、ランは口にしている。だがそれを言われ、祭我は思わず硬直していた。

実際、バトラブの領地に祭我はほとんどいないので、現地でどう評価されているのかわからないのだ。

「そうだよね～……私達の里でも各本家が優遇されていたし、もともとそれに反発して里を出たんだしね」

「里も国もそんなに変わらないんでしょ？　だったらいくら強くても、よそ者に当主なんて任せるの？」

「現当主様が認めているのは知ってるけど、他の人達は認めないんじゃゃ……」

「強いってだけじゃ認められないでしょ？　サイガ……大丈夫？」

アルカナ王国は大国であり、テンペラの里はその中にひっそりと潜んでいる隠れ里である。

当然人口の規模などが大きく違うのだが、その構造に大きな差はない。

だからこそ、彼女達は『当主』について軽く考えない。世間を知るまでは里と違うのかとも思っていたが、実際には差がないことを学んでいたのだ。

「えっと……それは……」

「まったく問題ない」

返事に詰まった祭我を抑えて、ソペードの前当主はあっさりと答えていた。

「お前達の懸念は非常に正しい。よそ者をいきなり当主にするなど、普通は考えられん。ましてやバトラブだからな」

アルカナ王国四大貴族、バトラブ家。その当主は国家の五分の一を統治するだけではなく、国政についても国王と同等の権限を持っている。

つまり祭我は、その大任を背負うことが決定している。そう、既に決まっているのだ。

「だが逆に考えろ、バトラブの当主が外国人を自分の娘の婿にするというだけならまだしも、当主にするとなれば周囲が反発するはずだ。それはテンペラの里でも同じだろう」

「……そうですね、現当主が推薦した次期当主が認められなくて、もめている家もありました」

「もう決まっているということは、そういうことだ。サイガが心配するまでもなく、もう話はついている」

まさに、いまさらの話であった。たくさんいる次期当主候補者のうち一人ではなく、唯一の次期当主。であれば内々での話はもう終わっているのである。

しかしこうなると、なぜ認められているのかわからない。それがテンペラの里の面々の疑問であった。

強くとも、認められるとは限らない。それはランが証明していることである。

ランがどれだけ強いとわかっても、誰もランを当主に推すことはなかった。その点では祭我も同じはずである。

「そんなのは、前々からわかってることでしょう？　ここにいるサンスイに対抗するためよ」

得意げなドゥーウェが、黙っていた山水へ視線を向けた。本人は話に参加したくない様子だが、少なくとも否定はしていない。

「王家を守るために、アルカナ王国全土から集められた強者達、近衛兵。トオンに匹敵する実力者が大量にいて、最低でもブロワ並みという最高の才人達。最高の環境で鍛えて最高の武装を与えられ、連携も万全というアルカナ王国最強の部隊。それを一人で制圧した、アルカナ王国最強の剣士。ソペードの切り札にして最初の切り札、シロクロ・サンスイ。この仙人に対抗するためよ」

里でランを当主に据えるという話が出なかったことには、いくつか理由がある。

テンペラの里が男性優位の価値観であるため、女性当主という前例がなかったこと。

そもそも行動が粗暴すぎて、当主以前に傍にいたくなかったこと。

彼女が新しい血統の開祖であり、拳法を伝える家の意義に反すること。

当の本人が当主の座に憧れておらず、まったく興味を持っていなかったこと。

それらがあって、里でも並ぶ者がなかった彼女であったが、当主になることはなかった。

だがテンペラの里とアルカナ王国で、決定的に違うことがある。それは白黒山水という規格外の強者が『当主の配下』になっていたことだ。

「シロクロ・サンスイには誰も勝てない。それどころか、誰が何人かかっても、傷一つ負うことがない。そのサンスイが……この、私に従っている。どんな命令にも従う。他の家が悔しがるのも当然でしょう？」

「なるほど……」

ランが一人いるだけだったからこそ、彼女を担ぎ出そうという者が現れなかった。

もしもどこかの家が規格外の実力者を得たのなら、他の家は対抗意識を持つだろう。

たとえ女でも、別の拳法の使い手でも、性格が悪くとも。他の家へ対抗できるのなら、我慢して媚びを売るだろう。

なるほど、あり得ないとは言い切れない。少なくともマジャン王国では、ランという『従う凶憑き』を見て、それを真似したいと思うほどになっていた。

競争相手が抜きん出れば、周囲は変わらざるを得ないのだ。

「まあ要するに、そこの次期当主様は『もしかしたらサンスイに勝てるかも？』と期待されて、実力やら才能だけを見込まれて囲われたのよ。というか……まさかそれを忘れてたのかしら？」

小馬鹿にしているドゥーウェに対して、ハピネもスナエも悔しそうである。だがその一方で、言っていることには反論できなかった。

確かに選ばれた理由を当人達が忘れていては、格好をつけるどころではない。

（……俺は馬鹿だ。単にチートだから次期当主に選ばれたのに、人の上に立つとかそんなことを考えるなんて……）

祭我は張り切っていた自分が馬鹿に思えた。自分の原点と向き合うというか、前提を忘れすぎていた。滑稽すぎてもはや道化である、ドゥーウェに笑われても仕方なかった。

「その通りだ。今のお前は……そう思わせるだけの実力がある」

だが当主を務め終えている男は、決して笑わなかった。

「お前自身がわかっているように、周囲が評価している以上にサンスイは強かった。傍にいた我らをして、実力の底を測れないほどにな。このサンスイがそれを晒《さら》したのは、他でもない師匠であるスイボク殿を相手にした時だけ……それまで我らは、サンスイが血を流すところさえ見たことがなかった」

山水の師匠であるスイボクは、初めて素振り以外で稽古をつけた。木刀同士での試合、その際に傷を負わせたのである。

それまで山水は、ただ一方的に勝ち続けてきた。傷を負うどころかひやりとすることもなく、ただ相手に勝つだけではなくすべての攻撃を吸い込むように当ててきた。

それこそ、地味に見えるほどに。

「そのサンスイに『勝てるかもしれない』と思わせるだけの強者になること。それがお前に期待されたことだ。それがどれだけ苦難を伴うのか、お前達は知っているはずだ」

これには、テンペラの里の誰もが、そしてドゥーウェでさえ笑わないことだった。

「その通りだな……」

トオンは静かに、己の師匠である山水を見た。

世界最強の男が認める、唯一の弟子。四千年修行し続けた男が『剣士の理想像』として送り出した、童顔の剣聖。

この彼に勝ち目があると思わせるには、どれだけの努力が必要なのか。

比較的早い段階で祭我に出会ったトオンだからこそ、その道のりが楽ではないことも知っている。

「周囲に『勝ち目がある』と思わせるほど、サイガは強くなった。サンスイ殿も、そう思われるでしょう？」

「ええ、もちろんです。指導者として、これほど喜ばしいことはなく……同時に焦るべきことでしょう。うかうかなど、していられません」

山水もまた、師匠からの薫陶を思い出していた。

弟子に負けまいとしてこそ師匠、弟子と競り合ってこそ師匠。そして今の祭我は、山水自身をして『もしかしたら』と思わせる実力に達しつつある。

負けてなるかと思う、楽しくそう思える。師として、この上ない喜びである。

「スイボク師匠も、きっとお喜びになるでしょう。そう思いませんか、エッケザックス」

「……ふん」

なお、最強の神剣エッケザックス。出番がないことで、完全にふてくされていた。

「よいか、我が主よ！　強くなったのはいいが、もっとこう……我を活用しろ！　我を抜いたのだから、ちゃんと我を使え！」

「あ、はい……」

「お前はバトラブの次期当主ではあるが……我の主でもあるのだからな！」

最強の神剣は、涙目で怒鳴っていた。

「我がスイボクに捨てられた理由、忘れたわけではあるまい！　その我の主となったからには、ちゃんと我を使え！」

「俺もそうしたいけども……雑魚相手に使ったら怒るでしょ？」

「怒るというか使ったうちに入らん！」

「だったら難しいかな……今の俺にとって強敵なのは、フウケイさんやスイボクさんぐらいだし……その場合、使っても勝てないし」

ずうんと、重い現実を思い知る。世の中には越えられない壁というものがあり、祭我はそれを得ている。大抵の者からすれば、祭我も十分に越えられない壁の向こう側だった。

だがその祭我をして、越えられない壁がある。それがスイボクやフウケイという、超絶の仙人達だった。それこそ、生涯を武に捧げても勝てると思えない。

彼らに勝てるのは、パンドラの完全適合者である浮世春《うきよしゅん》ぐらいであろう。

「あらあら、エッケザックス。そうやってごねていると、また他の神宝《カンダカラ》から笑われるわよ？」

「……ふん」

「それに、もうすぐ貴女にも出番は来るわよ」

「……どういう意味よ」

ドゥーウェの含みのある言い方に、ハピネが眉をひそめた。少なくとも彼女の知る限り、エツケザックスが必要になる場面は思いつかない。

「お父様の『お世辞』をそのまま受け取りすぎよ。少しは考えてみなさいな、そもそもマジャンではどうして茶番が必要だったの？」

それを言われると、再び、より一層、祭我の顔が青ざめる。

「ふん……ドゥーウェ、お前にしては優しいな。わざわざ言ってやるとは」

「後でお父様が嘘つき呼ばわりされるのは癪ですもの。それに……今から苦しんだほうが、楽しいでしょう？」

ドゥーウェの言葉を、祭我は反芻した。

（そうだ……俺が当主になることは、内々では決まっていても、民からは支持されていない。支持されるようなことは、なにひとつしていないからだ）

とても、当たり前すぎることであるが、次期当主が認められるべきは上流階級だけではない。民から支持を得なければ、当主もへったくれもあったものではない。

（サイガ様……）

不安そうな祭我を、ツガーが複雑な表情で見ていた。

それこそ、胸の内になにかを抱えたような顔だった。

不満

彼らの旅路はアルカナ王国の南側、バトラブ領地を通ることになる。

当然だが、素通りなどできない。バトラブ家の令嬢ハピネと次期当主の祭我が、そのまま王都へ行くなど意味不明である。

だがそれは同時に、祭我が次期当主としての器量を試される機会でもある。

ソペードの前当主が言ったことは、決して誇張ではない。祭我が当主になることは、ほぼ確定している。それに異議を唱えられる地位の者達は、皆が祭我を認めていたからだ。

だがそれは、祭我が実際にどれだけ成長したのか、傍で見てきた者達の理屈である。民の目からすれば祭我などいきなり現れたよそ者、それ以外のなにものでもない。

それが『バトラブ』という領地でどう受け止められているのかを、祭我は思い知ることになる。

いや、こういうべきだろう。もう思い知っていた。

バトラブの正規軍が誇る音楽隊が、雄々しくも精緻な演奏を行い、長旅から帰ってきた使節団を歓迎していた。

父祖の代からその任を継いできた、幼少のころから英才教育を受けてきた楽士達。彼らの荘厳な演奏は、音楽に詳しくない者達でも鍛錬がわかるほどだった。

大任を果たしてきた使節団を迎える行進は、バトラブの大きな街を大きく横断していく。まさにお祭り騒ぎという雰囲気である。

しかしその行進を見る民は、はっきり言って冷ややかだった。

トオンが帰ってきたマジャン王国やその付近とは、明らかに温度差があった。もちろん物理的な温度ではない。

はっきり言ってしまえば、祭我のことを誰も知らない。王都に長くいたため、知名度がまったくないのだ。

それは行進の主役達にはよく伝わり、それこそ引きつった笑いを浮かべるしかなかったわけで。ほぼ関係ない山水さえも、その冷ややかな行進に参加することで胸が苦しくなっていた。ましてや祭我やハピネなど、何も言えないほどである。

そんな彼らは、バトラブの当主と一年ぶりの再会を果たしても、感動の喜びも役目を果たした達成感もなかった。

ドゥーウェはやはり笑っているが、それでも声を出さない程度には場を読んでいる。

「さて……まずはよく戻ってきてくれた。先代当主殿には、我が娘や婿が世話になった」

「いや……そこまででもなかった。もともとよほどのことがなければ力を貸す気はなかったが、ほとんどを己の力で越えていたぞ」

辛辣なはずのソペードの先代当主。その温かい言葉が耳に入らないほど、祭我達は落ち込んでいた。

それを見るバトラブの当主は、しかし同情などしない。これは正当な評価であり、民に悪意があるわけではないからだ。そして祭我が越えなければならないことである。

「さて……サイガ、ハピネ。落ち込む気持ちはわかるが、ここから先は私人ではなく貴族として話をしたい」

怒鳴るわけではなく、威圧するわけでもない。ただ真剣に話を進めようとするバトラブの当主に対して、祭我もハピネも、呼ばれていないツガーとスナエも居住まいを正していた。

「君達が戻ってきた以上、いよいよ私も君へ当主の座を譲るつもりだ。正確には、君とハピネが結婚して、しばらくしてからになるだろうが……察した通り、民は君をよく知らない」

バトラブの当主は、祭我が国家に貢献していない、とは思っていない。

少なくとも彼の把握している範囲で、祭我はバトラブの名を汚すことはしていなかった。

だが知られていないのは問題だ。祭我は人知れず人々を救う正義の味方ではなく、民を治める貴族になるのである。

自身の価値を、民に知らしめなければならないのである。

「……やっぱり、王都にずっといるんじゃなくて、バトラブにいるべきだったんでしょうか」

「それでは君が強くなれたかわからない。王都にいたからこそ、多くの出会いがあり、強くなったと私は思っている。そして……知られていないだけで、君にはもう価値がある。それを知らしめれば、それですむ話だ」

無価値な人間に今から鍛錬や修行を課すというわけではないし、虚飾でごまかすというわけでもない。祭我の規格外の強さを、実際に見せればいいだけである。

いや、見せればいいというものではない。見せなければならない、その理由があるのだ。

「……改めて言うが、君を当主にすることは、特例の極みのようなことだ。それは君もわかるだろう？」

「もちろんです！」

祭我はこの旅で、改めてバトラブからの恩恵を感じていた。だからこそマジャンへ腰を据えるのではなく、アルカナへ戻ってきたのである。

それを決断するのが少し遅かったが、彼は勘違いをしていなかった。

「お、俺とスナエのために……マジャンへ挨拶するための使節も送ってくれましたし……とっても感謝してます。これが普通のことだなんて、全然思ってません！」

「そうか、それはよかった。だが……それをわかっていない者も多い」

特例の極み、というのは後に続かせないということである。

祭我というよそ者を当主に据えるような人事は、今後行うことはないということだった。

「……こう言っては何だが、ソペードは競争主義を掲げている。だからこそサンスイという剣士をドゥーウェ君の護衛に用いたし、彼の弟子へ重要な役を与えたことも、さほど抵抗がなかった。だがバトラブは保護主義を掲げている。よくも悪くも、大胆な人事を行わないということだ」

競争主義に対する、保護主義。

大きな問題があれば一瞬で地位を剝奪し、逆に大きな功績を上げればあっという間に出世させるソペード。

それに対してバトラブは、大きな問題が起きてもできるだけ穏やかに収め、逆に何か大きな手柄があっても大きな出世は見込めない家風がある。

「それをよく思う者もいるが、悪く思う者もいる。その両者が、君に対して誤解をしている。もしかしたら、君というよそ者がバトラブに改革をもたらすのではないか、と」

バトラブにあった閉塞感を、新しい価値観を持った次期当主が一新する。今まで出世の機会がないと思っていた者達は希望を抱き、逆に現在の地位を守りたいと思っている者達は危機感を覚える。

祭我からすれば初耳だが、周囲がそう思うのも無理はないことだった。

「……お、俺は」

祭我は、困っていた。はっきり言って、当主としての仕事に、具体的な目標を持っていなかった。

そこで周囲が自分をどう思っているのか聞かされても、では自分はどうするべきなのかという考えがなかった。

だがそれでも、言えることはある。マジャンでの経験が、彼に芯をもたらしていた。

「俺は……恥ずかしい話ですが、統治について何も知りません。それどころか、何をしたいのかさえ考えていませんでした」

本当に恥ずべきことを、彼は口にする。

「その俺が、今この場で、とってつけたように自分の考えを口にするなんておかしなことです。俺は今まで通り、現当主様に、貴方に従います」

そして口から出た言葉は、情けないにもほどがある言葉だった。次期当主へ向けている周囲の期待、その一切を裏切るものだった。

しかし、それを誰も笑わなかった。

「……そう言ってもらうと助かる。余人は勘違いするが、当主は単に一番偉いだけの者だ。そこまで強い権限などない」

「……ですよね」

当主本人からの『当主なんて大したもんじゃない』という言葉には、それなりの説得力があった。強いだけのよそ者にも任せるのだから、そこまでの強権はないのだろう。

「君が当主になっても、当分は私の指示に従ってもらう。言い方は悪いが、私の傀儡《かいらい》だ。その私自身も、周囲との折衷《せっちゅう》を行うだけだがね」

「いえ……正直そっちのほうがありがたいです」

答えつつ、祭我の脳裏にはある一人の日本人が浮かんでいた。

「ドミノと違って、バトラブの人は優秀なんですね」

「そういうことだ、頼ってくれていい」

強権で、なんでも決められる右京。彼は周りの無能を嘆いていた。

一人でなんでも決められるというのは、楽でもなんでもないのだ。

「やはり君は多くを経験しただけに、成長をしているな。政治そのものは知らずとも、政務に関わるものを知っていることが大きいのだろう。だがそれをわからない者は多い、だからこそ教えなければならないのだ」

バトラブの当主はその場にいた、空気に徹していた男を見た。

「例外にする価値のある、規格外の強者のことを」

祭我を見つけたバトラブは、全力で囲い込み、財や時間を注いだ。すべてはこの男、白黒山水に対抗するために。

いや、違う。少しだけ、違う。本当はこの男が、欲しかったのだ。それに匹敵するものを、誰もが欲しがったのだ。

「当主として、君に命令する。次期当主としての価値を、バトラブの臣民に示してほしい。やり方は任せるが……君に注いだものが無駄ではないと証明してほしい」

「……わかりました！　お任せください！」

祭我は、努めて強く返事をした。具体的な考えなどない上で、根拠もなく請け負っていた。

だがそれは、安請け合いではない。受けないという選択肢がないとわかったからこその、決意表明であった。

経緯はどうあれ次期当主になったのだから、当主になるための行動こそが本番だ。

そうあるべきだと強く信じる彼は、準備不足ではないと言い切っていた。

以前の彼とは違う、根拠のある自信。それを知っている面々は、だからこそ不安に思うことはなかった。

相談

ひとまず祭我は、ハピネやツガー、スナエを連れて、バトラブ当主の前を辞した。

テンペラの里の面々は、自分達が出る幕ではないと言って下がった。

残ったソペード一行とバトラブ当主は、祭我達が出ていった扉を見ていた。

「……どうやらマジャン訪問で、彼は成長したようだ。本来なら私が導くべきだったが……私と彼は近くなりすぎて、緊張感がなくなってしまった。貴殿の父、ハーン王には、感謝の言葉しかない」

「いえ……父もきっかけ一つしか与えておらず、気付きを得たのはサイガとハピネ殿、ツガー殿と妹の実力あってこそ。四人がアルカナ王国で培ったものがなければ、父の言葉など何にもならなかったでしょう」

恥じ入りながら、トオンが答えた。マジャンがアルカナへ感謝することこそあれど、アルカナがマジャンへ感謝することなどほとんどない。

ましてやマジャン王家として見れば、アルカナ王国の首脳には借りがありすぎた。

その状況でお世辞のように感謝されては、恥じ入るほかなかった。

「お父様からは何かありまして？」

「サイガ達には何も言うことはない。要するにマジャンで成功したことの復習だ。異国で成功したことを自国で失敗するなどあり得ない。ここをすぐに離れたことも含めて、何も心配はない。私が気になっているのは……」

ソペードの先代当主は、鋭い目で山水を見た。

「本番でどうなるか、だ」

「……私にもわかりません。ですが私も、最善は尽くすつもりです」

その鋭い目が向けられている山水は、とても楽しそうな顔をしていた。

×　×　×

アルカナ王国、バトラブ領地。アルカナ王国の南側であり、比較的温暖な地域である。

しかし王都と比べてわずかに暖かいという程度で、建築物や衣服にさほど大きな違いはない。

だが他の地域と明らかに異なるものが、少なくともこの街には存在していた。

バトラブ当主のおひざ元であるこの街に、ご令嬢とその婿が帰ってきた。年齢的にも代替わりであろう、そんな時期である。

問題なのは、その婿だ。保守主義を掲げるバトラブで、聞いたこともない異国の男が次期当主になるという。

それは現当主一人の酔狂ではない。反対意見が出ないことから考えて、主だった者達はそれを認めているのだ。

満場一致で、よそ者が次期当主。それをバトラブで暮らす者達はどう受け止めるのか。はっきり言えば、どう受け止めていいのかわからなかった。誰もがこの異常事態を、受け入れかねていた。

山水が武芸指南役の総元締めになったことは、単に「強いから」ですむ。さほど権限があるわけでもないので、民衆には無関係だ。

ドミノ共和国の議長になっている右京のもとへ、ステンドが嫁ぐこととも大きく違う。アルカナがドミノを傘下に収めるための政略結婚であり、むしろ普通のことだった。

だがバトラブではよそ者が自分達の『領主』になるのである。これを聞いて期待と不安が入り交じるのは必然だ。

「ニホンという国の生まれらしいぞ。それもマジャンという国より遠いとか……」

「一体どんな国だ？　その国で生まれた彼は、どんな政治をするのだ？」

「いや……当主と言っても彼一人だろう？　ニホン生まれの者達で側近を固めるのならともかく、彼一人で無理を通すことはできないだろう」

「そうだな、ソペードは当主の権限が強いというが、バトラブはそうでもないというし……」

「だが、バトラブの主だった者達から認められるほどだぞ？　案外やり手で、全員丸め込んで、あれよあれよという間に、アルカナ王国全体をニホン化するかもしれない……」

「ニホン化とはなんだ、ニホン化とは。そもそもニホンがどんな国かも知るまい」

「わからないから、怖いんだろうが」

正体不明の男が、いきなり当主になるという。それに対して大抵の者は、そんな不安の声を口にしていた。

独裁制ではないのだから、当主一人が代わっても問題ない。しかし常識で言えば、まず祭我が当主になること自体あり得ない。

ということは、常識はずれのことが起きるのではないか。祭我が当主になること自体が異常なのだから、その後どんな異常が起きても不思議ではない、と。

だがそんな未定の未来に、希望を見出す者達もいた。

「新しい当主様が新しい政策を始めるのなら……普通に考えて保護主義の撤廃だよな？」

「そりゃあそうだろう、ご本人が誰よりも成り上がったんだから。どの面下げて『保護主義を続けます』なんて言えるんだよ。自分が出世してるのにな」

「それじゃあ平民の俺でも、正規軍に入れるのかな？　昔から憧れてたんだけど、その家の生まれじゃないとだめってことで……」

「保護主義ってのは、つまるところ血統主義だもんな。どこかの家の養子になるって手もあるが、たいていの場合同じ職種で同じ階級の家から引っ張ってくるからな」

「まったく、バトラブには夢がねえよ……でも新しい領主様がそれを変えてくれるかもしれないからな」

「ああ……この閉鎖的なバトラブを変えてくれるかもしれない……！」

比較的頻繁に領主が代わるソペードと違って、バトラブ領地は安定しているが、それは必ずしもいいことではない。

立身出世の道を歩むのはごく一部、夢をかなえるのは一握り。そうわかっていても、その一部も一握りもないのがバトラブである。

もしかしたら自分も出世できるかもしれない。そんな夢を見ることも許されない『保護主義』のバトラブ。

そこで暮らす者達は、基本的に親の跡を継いで、さらに子供へ託す。そんな一本道の人生が約束されている。そこには落ちる可能性こそあっても別の可能性などない。

例えば祭我達を迎えた楽団に入りたいと思っても、生まれで可否が決まってしまう。

保護とは自由から遠いもの、職業選択の余地などここにはない。

その鬱憤不満が晴らされるかもしれないと考えて、街の中では沸く若者達も多かった。

「……やっぱりだなあ」

一般市民に変装した祭我達四人は、そんな市井の声を聞いて回っていた。不安に思う者達が多い一方で、良好な変化を期待する者の声が大きい。

バトラブ当主の言葉を疑ってはいなかったが、実際に聞くと重圧しかなかった。

「俺の双肩に、ここの人達の未来が……いまさら過ぎるけども」

当たり前の極みだが、実際に肉声を聞くと重みが違った。本当にバトラブ領の人々は、これから『違う未来』が訪れると考えている。

実際にはまったくそんなことはなく、旧態依然のままなのだが。

少なくとも祭我に変革の気はない。自分は誰よりも立身出世したくせに、自分以外の誰もに向かって『親の跡を継げ』という政策をとり続けるのだ。

「みんな期待しているんだな……俺はそんなことできないのに……傀儡《かいらい》政権なのに……」

何もかも今まで通りとなれば、みんながっかりするだろう。

「……それでも俺は、やらないといけないんだな」

答えは最初からある。誰になんと言われたとしても、現行の政策を維持する。それが義父《ちち》となってくれたバトラブの当主への報恩だと、今の彼は理解している。

「俺はこの面を下げて、恥ずかしげもなく自分を特例にするんだな……」

バトラブの最高権力者になった上で、俺は強いから特別なんだと、公式に発表する。

民の目にはさぞ理不尽に映るだろうと理解した上で、それでも胸を張って宣言するのだ。

それが己の役目だと、彼は理解できている。

「だって、実際そうなんだから。俺がここまで厚遇されているのは、規格外に強いからなんだ。

だから俺は……そう言わないといけないんだ」

「そうだな、それがお前の役割だ」

王気を宿し、王位継承権を持って生まれたスナエは、その『苦渋の決断』を肯定する。

生まれがいいから、特別な力を持っているから、特権階級にいる。それを恥ずかしがっていては、国家が回ることはない。

どう言い訳をしても、支配階級が民よりいい暮らしをしていることは事実だが、それは必要なことなのだと民に教えなければならない。それもまた、貴族の務めなのだ。

もちろん能力があるというだけの非道な権力者などは許しがたいが、恥じる気持ちを持った祭我は不適当ではないだろう。

「……サイガ様。私は保護主義というものを、あまりよく思っていません。生まれた家や素質で、人生が決まってしまうのは悲しいことです。やりたいことがあっても、家の都合で決まってしまうのは……私はバトラブの民に共感できてしまいます」

ツガーはサイガへ、己の想いを伝えていた。

「ですが……このバトラブで暮らす人達は、決して不幸ではないと思います。もちろん皆さん全員が幸福で夢をかなえているとは思いませんが……犠牲覚悟の大改革が必要だとは、さすがに思えません」

祭我が右京を知っているように、ツガーもまた右京を知っている。

彼が革命という大改革を行ったことで、どれだけの血が流れたのかを知っている。それでも必要だったこともわかっている。

そしてこの土地に、それが必要だとは思えなかった。

「その通りよ、ツガー。保護主義を捨てて競争主義にするとなれば、それは新たに多くの不満を生むわ。それこそトオンを王にしようとした時のように、領内が半分に割れるかもしれない。そしてそれが終わったあとは、内乱前よりも悪くなった生活が待っているだけ……」

ハピネがツガーを肯定する。

保護主義に不満を持つ者の声は、確かに大きかった。変革を不安に思う者よりは少なかったが、それでも無視できない数だった。

だがしかし、大多数の不安の声を、バトラブは掬《すく》い上げるのだ。

誰もが本気で夢を見ているわけではないし、誰もが保護主義に嫌気が差しているわけではないし、誰もが変化に伴う犠牲を受け入れられるわけではない。

変化の先は、結局ソペードと似たようなもの。変化したらしたで、不満を言う人間が変わるだけで、全員が幸せになることなどあり得ない。

今幸せではない人達を助けるために、今幸せな人を不幸にしてなんとするのか。

「全力で善政を布《し》いても、不満は出てしまう。私達はそれを聞いているだけなのよ」

「でも、聞かないといけないことだった」

祭我は自分の女達と一緒に、とてもつらいことを体験した。

それは熱い鍋へ手のひらを当てるような、結果の見えていることだった。だがそれでも、触れて確かめる意義はある。

少なくとも祭我は、火傷への覚悟を決めていた。

それは自分だけではない、大切な人をも傷つける覚悟だった。

「……ツガー、聞いてくれ」

彼が何を言うのか、ツガーはもう察していた。あるいはこうなる前に、誰よりも先に、こうなることを感じていた。

「はい、なんでしょうか」

「俺は……もう一度山水と戦う」

以前に祭我は、山水と三度戦った。奇襲を仕掛けたランと違って、どれもが決闘の申し込みを経たものだったが、今思うと大変に迷惑をかけていたし、そもそも無謀で危険で無意味だった。

三回戦って、三回負けた。その後でツガーは、祭我に願った。もう二度と、山水と戦わないでくれと。その約束を、祭我は守ってきた。

だがしかし、今回それを破ると決めた。

不義理なことである。だがスナエもハピネも、祭我を止めず、咎《とが》めなかった。

「俺が強いことを証明するには、相応の相手が必要だ。そしてその相手は、本来の対抗相手である山水が一番だ。俺と山水が戦えば、ソペードの切り札・山水の強さと、それに対抗できる俺の必要性が伝わる」

ソペードに負けてなるものか、という意識はバトラブの貴族だけではなく領民にもある。それは一種の愛郷心であり、対抗心。バトラブという土地で暮らす者の多くが、その意識の下では一致団結する。

ソペードの抱える剣士に、バトラブの当主が拮抗しているとなれば、崇拝に値する英雄となるだろう。

「俺は、英雄を演じる必要がある。だから、山水と戦うんだ。みんなの前で、いつかのように」

祭我は必要性を説いた。おそらくそれは正しいやり方で、バトラブの当主も許可するだろう。山水の武勇を示せるのだから、ソペード側も断る理由がない。

過去三回戦った時と違い、意義のある戦いだ。ツガーもそれはわかっている、だがそれでも聞くべきことがあった。

「サイガ様、貴方は今回の再戦を喜んでいるのではありませんか？　今の自分ならサンスイ様とも互角に戦える、今度こそ過去の屈辱を拭える。心のどこかでそう思っているのではないですか？」

必要性を認めた上で、私欲がないのかと問う。すべての魔法を解禁した二度目のように、エッケザックスを得た三度目のように。

数年間修行したことで得た力を山水にぶつけて、過去の屈辱を拭いたい、そうした思いが、四度目の戦いにないと言えるのか。

それを、ツガーは問うたのだ。

「ある」

誠意を込めて、祭我は言い切った。

「どうしてもそう思ってしまう、この状況を喜んでいる自分もいる。でも……君との約束を破ることが、申し訳ないと思う自分もいる。それでも……必要だから、やらないといけないんだ」

私欲の有無など些細なこと、必要だからこそやる。祭我の言葉は、許可を求めるものではなく決意を伝えるものだった。

一途な少女に返すには、ひどい言葉だった。

「……私が貴方へ、サンスイ様と戦わないでと言ったこと。それが間違っていたとは思っていません。今でも忠言だったと思っています」

そのひどい言葉を、今のツガーは受け止めている。

「しかし当時の私は忠言など考えていませんでした、ただ貴方に傷ついてほしくなくて願っただけです。その思いは今も同じです。でももしも、あの時の約束を根拠に縋り付けば、それは……」

「私の母と同じだな」

ツガーが言いよどんだことを、スナエがあえて言い切った。トオンのためと言って、国を割ろうとした女のことを引き合いに出した。

「……サイガ様。私は貴方がバトラブの次期当主と知って婚約しました。であれば私が何よりも大事に思うべきは……私自身でも貴方でもなく、バトラブ全体のことです」

バトラブの次期当主と婚約したのだ、そんなつもりはありませんでしたと言えるわけがない。

祭我が向き合っているように、ツガーもまた向き合わなければならなかった。

「貴方は、私との約束を守ってきてくださいました。そして今、こうして誰よりも先に宣誓してくださいました。それ以上を求めることは、私にはできません」

「……ツガー」

「ですが、わがままを一つだけお許しください」

今ツガーの前にいる祭我は、燃えていた。理想に燃えているのではなく、野心に燃えているわけでもなく、使命感に燃えていた。

その祭我に、ツガーは抱きついた。

「どうか……無事で帰ってきてください」

「ああ、約束するよ。それだけは絶対に……約束する」

涙をこらえるツガーを、祭我は抱きしめ返していた。

それはただ試合をするだけというよりも、死地に送り出すようであり、実際それに近いものだ。

マジャン王国で王族と戦った時とはわけが違う。あの山水を相手に試合を成立させ、周囲から畏怖《いふ》を得なければならない。それがどれだけの難行か、二人は知っている。

山水もソペードを背負う以上、手抜きはしないだろう。であれば祭我の戦いは、やはりバトラブを背負うものになるのだ。

もはや、代理戦争と言っても過言ではない。だがだからこそ、やる意義があった。

「ねえ、スナエ。私はサイガとツガーを……」

「言うな。それは侮辱だ」

その二人を見て、己が背負わせてしまったものを理解するハピネ。そんな彼女を、スナエは優しく止めていた。

かくて。

かつてと比べものにならないほど重いものを賭けて、山水と祭我の、四度目の戦いが始まる。

四度

王都の学園に試合会場があるように、バトラブにも似たような施設は存在する。

多くの観客を収容できる闘技場であり、そこでは多くの催し物が開かれる。

大規模な興行に使われることもあれば、公の行事に使われることもある。

格式高い施設ではあるのだが、それでも行われるのは通常の場合『運動』を伴うものだ。

その闘技場でバトラブの次期当主がお披露目をすることが決まった。それも、あらゆる身分の者を招待する形で、観客としての席を与えて。

そこにソペードが同席するというのだから、既に誰もが多くを察していた。貴賤を問わず期待を膨らませながら、厳粛な雰囲気に満ちた闘技場の席に座っている。

「親愛なる我が臣民達よ、この度はよく集まってくれた。本日は皆へ、私の後継者を紹介しようと思う」

楽団が勇壮な音楽を鳴らし、会場のど真ん中に祭我とバトラブ当主が並んで立つ。

試合をする場の上に立つ二人を、誰もが目を皿にして見ていた。そしてバトラブの当主とその後継者の言葉を一言も聞き漏らすまいと、耳をそばだてていた。

バトラブの次期当主の挨拶は、そのまま政策の公約となる。遠い国から婿入りする男は、一体どんな思いでバトラブを治めるのか。

「私の娘の婿となる、ミズ・サイガだ。神剣エッケザックスの所有者であり、マジャン王国王女スナエの夫でもあり……我がバトラブ最強の剣士である」

よく通る声で、全方位へ話しかけるバトラブの当主。その隣に立つ祭我は、やはり緊張していた。

見渡す限りの大観客は、しかし祭我の治めるべき民の、その一部でしかない。その事実を反《はん》芻《すう》するたびに、気が遠くなっていく。自分はなんと重い責任を負ってしまったのかと。

近くにハピネもスナエもおらず、背負っているエッケザックスは何も喋らない。まさか隣に立つ義父の陰に隠れるわけにもいかない。

だからこそ、彼は心の中で絆を確認する。今日まで何度も手を繋いできた、彼女達との絆を思い出す。

その上で、彼はもう一人の義父を思い出す。マジャン王国の国王、マジャン＝ハーンの教えを思い出す。

彼らが求めているのは、等身大の祭我ではない。絶対に負けない英雄、ミズ・サイガだ。だからこそ、そう演じることが義務だった。

「バトラブの臣民よ……バトラブ家次期当主、瑞、祭我だ！」

演じると言っても、騙すのではない。全力で、真剣に、礼儀を貫くのである。

「今日という日まで、皆の前へ現れなかったこと……まことに申し訳ない」

　領民の不安の根源は、祭我を誰も知らなかったこと。それは祭我の至らぬ点であり、まずはそれを詫びる。

「だがそれは必要なことだった。バトラブの領主となる私が皆の前に立つのは、バトラブを背負うに恥じぬ、英雄になる準備ができた時！」

祭我は思い出す。バトラブの次期当主に決まってから、今日までの日々を。お世辞にも順調ではなく、失敗ばかりで恥をかいてきた、情けない日々を。

　あのままの自分でバトラブの領民の前に立たずにすんでよかったと、心から思っていた。今日までの日々が、必要な修行であったと信じている。

「今ここにいる私は！　バトラブを守る英雄である！　義父《ちち》である現当主よりバトラブを引き継ぎ、次代へ繋げる。その役目を果たすに足る、武門の長に相応しい男だ！」

　そして彼は、改革ではなくあくまでも保守であると宣言する。

　現体制を引き継ぎ、そのまま伝える。英雄を名乗る一方で、変化をもたらさない、情けない政治家のような公約。

「誰にも異論を言わせない、誰もが信じられないほどの武威をもって、私はこの地を治めよう！それを証明するべく、私はここに試合を行う！　諸君らはその見届け人であり……諸君らの言葉が、そのまま私の評価となる！」

まさに背水の陣だった。もしも祭我が無様を晒せば、それこそ現当主さえも地位が危うくなる。ハピネもスナエもツガーも、大いに追いつめられるだろう。

誰にも文句を言わせないほどの強さを、祭我は示さなければならない。誰もが震え上がり、冗談でも弱かったと言えぬ武威を、臣民達の心に刻むのだ。

それは、地味な戦いでは許されない。

「その私の相手は……！」

その時である。試合会場に、大きな影がかぶさってきた。

晴天の闘技場に、突然の雲か。そう思って観客達は空を見上げ、思わず言葉を失った。

いくつもの巨大な大岩が宙に浮かび、闘技場の上で滞空しているのである。

「バトラブの臣民よ、初めてお目にかかる」

その大岩から、一人の男が飛び降りてきた。祭我と対峙する形で軽やかに着地し、腰の木刀を抜き放つ。

「我こそはソペード家武芸指南役総元締め、白黒山水」

仙術による重力操作で、巨大な岩を浮かべている山水。それはかつて己の師が通り過ぎた、剣士に相応しくない不要な技。

しかし、あえてそれをもってここに現れたのは、ソペードの武威を示すためか、あるいはこれがなくば今の祭我に勝てぬからか。

「瑞祭我様……お相手、仕《つかまつ》る」

示威

山水らしからぬ派手さ、示威であった。事前に聞いていたとはいえ、以前の山水を知る者達は面食らう。

「あらあら……サンスイも張り切っているわね」

来賓の多くが空を見上げている観客席で、ドゥーウェは誇らしげに笑いながら山水を見ていた。

派手に戦おうにもできなかった以前と違って、今はこんな大掛かりな技も使えるようになっている。スイボクの教え通り、山水もまた弟子に負けじと成長しているのだ。

「あの大岩を活かして戦う気か……サンスイめ、やってくれる」

ソペードの前当主もまた、得意げであった。もはやこの時点で、山水の強さを疑う者はいない。ある意味祭我が望んだように、山水の脅威は目に見えて明らかとなっていた。

「……サイガ君」

祭我の隣に立っているバトラブの当主は、いまさらのように山水を恐れていた。

以前でさえ、どう倒せばいいのか、どう戦えばいいのか、どう触れればいいのかわからぬほどだった。

その山水がさらなる成長を遂げている。あの大岩も、手足のように扱うに違いない。そうなれば、祭我とてどうなるかわからなかった。

今までは木刀と発勁《はっけい》だけだった山水に、人知を超えた攻撃力が備わっている。スイボクという上位者を知った上で、誰が勝てるのかと思ってしまいそうになる。

「当主様、お下がりください」

祭我は演じた。もう観客は祭我など見ていないのにきちんと演じ続ける。

「……私に恥をかかせるなよ」

「お任せを」

だからこそ、バトラブの当主も演じた。やはり祭我は成長したのだと、以前よりも格段に強くなったのだと実感する。

あくまでも小物は己、真に選ばれし者はこの二人なのだと思い知る。それでも大衆の求める現当主、英雄の手綱を握る君主を演じつつ下がった。

「行くぞ、エッケザックス」

祭我は偽りでも演技でもない、真剣な顔でエッケザックスを抜いた。

『うむ……！』

抜かれたエッケザックスは、興奮と緊張を禁じ得なかった。ここで結果を出せなければ、いよいよ己は無価値である。

祭我とともに、その強さを示す。それができなければ、最強の神剣を名乗ることも許されまい。

「……らしくないな、山水」

祭我はここで、素で山水へ話しかけた。

「スイボクさんも昔は、山を持ち運んで戦おうとしたけども、間抜けすぎてやめたと言っていた。その弟子である山水が、こんなことをするなんてな」

「確かに、らしからぬことだ。だが……」

山水は思い出す。以前の師匠から、説教されたことを。レインを一人前に育てるまで帰ってこないという約束と己の弟子を育てること、そのどちらが大事なのか。

決まっている、己の弟子を育てることだ。そしてそれは、今も変わらない。

「今の俺は、仕事中だからな」

「……そうだな」

そう、これは仕事だ。お互いに背負う職務を全うするだけであり、だからこそ四度目の戦いに臨むのだ。

戦闘前の緊張から、戦闘中の集中に切り替わる。祭我の心の空白、その直前に予知が働いた。

（……え？）

祭我の心が驚きに染まる。何が起きたのかわかった上で、意表を突かれていた。

困惑して体が硬直する、その数秒。それは祭我の予知した未来がそのまま到来することを意味していた。

「お、おああああああ！」

上空に待機していた、浮かんでいた岩塊。家一軒ほどもある大きさのそれが、突如糸が切れたように落下してきた。

それを見ていた観客達が、目を閉じて耳をふさぎながら叫んだ。

魔法では不可能な、上空からの落下攻撃。それは寸分たがわず祭我の立っている場所へ、加速しながら激突した。

「外功法《げこうほう》、投山《とうざん》」

投山という名前に負ける、岩一つを落としただけ。ただの初撃であることが明白な、挨拶代わりの一撃。

にもかかわらず、その音たるや。岩が落ちてきた、ただそれだけで観客の肝を潰していた。

貴賤を問わず、自分に当たっていない攻撃を見て、汗をかいていた。

たとえ法術の壁があっても、あっさりとぶち抜くであろう大威力。観客席の誰もが祭我が死んだと思っていた。

だがそれは、視点の問題である。

上のほうから見れば、巨大な岩が試合会場に突き立っているように見える。

しかし真横から見ることができた者は、信じられない光景に慄《おのの》いていた。

「嘘だろ、片手で……」

右手で神剣エッケザックスを持っている祭我は、左手を頭の上に掲げていた。

玉血四器拳《ぎょくけつしきけん》と、悪血銀鬼拳《あっけつぎんきけん》。それを同時に発動させて、祭我は片手で挨拶を受け止めていた。

「本当にらしくないな、山水。いきなりこんな雑な手を使うなんて、逆に驚いたぞ」

まるで埃でも払うように、祭我は岩を横に転がした。轟音《ごうおん》とともに岩が転がり、健在な祭我が衆目の前に現れる。

誰もが目を疑った。避《よ》けたとか当たらなかったとかではなく、普通に受け止めた。生きていたとか耐え抜いたとかではなく、普通に歩いている。

「でも大丈夫だったでしょう、らしからぬ奇襲にも貴方は対処できた」

「……復習問題を採点されている気分だ」

祭我は笑った。確かに以前なら、予知に戸惑って硬直して、そのまま潰されていただろう。今は対応できている。それも、不意を打たれてなお、驚いてなお対応が間に合った。

見ているだけの観客と違って、実際に攻撃を受けた祭我はまだ汗もかいていなかった。

「……行くぞ」

祭我の中の「己こそ強者」という思いがさらに高まる。それによってエッケザックスはさらなる力を祭我へ与えた。

銀鬼拳と火の魔法を同時に使い、背中から火を放出しながら走り出す。

それは残像の代わりに炎の尾を残す、高速移動。普通の人間では絶対に制御が追いつかない、あり得ない機動。

それをやすやすとこなしながら、祭我は闘技場を狭しと駆け巡る。真ん中に立つ山水は平然としているが、それを遠くから見ている観客達は声も出ない。

俯瞰《ふかん》した視点ならば、死角というものがない。速く動いていても、遠くからならば見失うことはない。

にもかかわらず、大いに目立つ火を噴いて駆ける祭我がわからない。そしてそれは、祭我がただ速いからだけではない。

「お、おい……おかしいぞ、何人いるんだ？」

炎の尾が、いつの間にか三つに増えている。単純に考えるならそれは、祭我が増えているということになる。

普通なら黒子を疑うところだが、こんなことができる者が二人もいるとは思えない。どちらかと言えば、祭我が三人に増えたと考えるほうが自然だ。

「さあ……どうだ！」

影気影降《えいきかげお》ろしによる、二体の分身と合わせた三方向からの同時攻撃。

常人相手ならたった一体でも、この三分の一の速度でも過剰なほど。あまりにも単純で残酷な速度による攻撃、それは単純すぎて常人の観客でも予測できるほど。

だが予測できるだけだ、対応するなど不可能だろう。しかし山水に対応できないわけがない。

「縮地《しゅくち》」

闘技場の外側を、大きく回っていた祭我。彼が中央の山水へ向かおうとして、方向転換しようとしたその刹那、縮地で移動した山水の掌が祭我に触れていた。

「発勁《はっけい》」

当然のような神業であった。

荒ぶる神の認めた弟子が、祭我の動きを完全に予測し、方向転換の隙を突き、発勁を間に合わせる。行《おこな》った山水は当然のこと、食らった祭我も、近しい者達も驚かない。

そして実際、祭我は法術の鎧を着ていた。高速移動の中で体勢を崩されたため、炎の推進力によってでたらめに吹き飛びながらも、まったく傷を負っていなかった。

もともと法術の鎧は堅く、エッケザックスで強化されていればなお堅い。それでも中身の人間が普通ならただではすまないが、エッケザックスで強化されている銀鬼拳を使っていれば、少し転んだ程度ですむ。

「おい、今の見えたか？　俺はぜんぜん、見えなかった……」

「何をしたのかはわからなかったが、ソペードの剣士が立ってて次期当主が吹き飛んでるってことは、ソペードの剣士はあんな動きをしている奴を吹き飛ばせるのか……？」

「それに、なんだよ……次期当主の奴、平然と起き上がったぞ……あんなに吹き飛んだのに、さっきと一緒で堪《こた》えてねえ……」

「どっち化け物だ……」

初めて祭我と山水を見る者達は、度肝を抜かれていた。

この世界の基準を大きく超えた、神から力を授かった者達の戦い。

目で追えず頭で理解できないことばかりなのだが、背筋が凍り肝を潰す戦いであることだけはわかっていた。

そう思っているのは、一般人だけではない。先祖代々正規兵を務めてきた、バトラブの兵士達。その彼らをして、今の攻防、その一つに耐えきれる気がしなかった。

マジャンまで同行し、ハーン王の御前試合を見た者達でさえ、試合で圧勝した二人の本気には目を丸くしていた。

「これが……切り札。武門の名家である、バトラブとソペードの認めた力……」

「あの御前試合の時は……本当に加減なさっていたのか……」

互いに強くなりすぎたため、誰が何人いても圧勝できてしまう。だからこそまず、攻防が成立しない。手加減してなお瞬殺にしかならない。

だからこの二人が直接戦わない限り、お互いの全力がわからない。

「……あれから何年たったのかしらね。ようやく、お望みの展開になったんじゃない？」

ドゥーウェとハピネは、並んで観戦している。お互いが信じる切り札の戦いを見て、感慨にふけっていた。

「それはあんたもでしょう。ようやく面白い試合になった、とでも思っているんじゃないの？」

「そうね……ようやく私を楽しませるほどになったわ」

最初から強かった、と言うと語弊はあるが、山水はドゥーウェに出会った時から既に強かった。それに対してハピネに出会った時の祭我は、まったく無力な存在だった。

それから多くの希少魔法を習得し、剣術や戦術を学び、実戦を経験した。言葉にすれば単純すぎる、短すぎる羅列。しかし祭我がそれを越えるのは簡単ではなく、途中で何度も折れそうになった。

それらを越えて、今の祭我は、山水と戦いができている。今のこの戦いを見ている者達のほとんどは、以前の祭我が山水に三度も瞬殺されたことを知らない。そして知る必要もない。

祭我と山水が余人の及ばぬ領域にいると、そう思い知ればいい。そのために二人は戦っているのだから。

「ふぅ……おおおおお！」

祭我の口から、人ならざる絶叫が響いた。

彼の体は拡大し、骨格が変わっていく。普通の人間から、巨大な狼に変身する。

『マジャン王国の秘法……神降ろし、その力に震えるがいい！』

「ならばこちらは、花札の仙人スイボクより賜った仙術をもって応えよう」

二人はやはり、英雄を演じる。だが誰も、彼らの話など聞いていない。椅子に座ったまま腰を抜かし、ただ次に何が起きるのかと震えていた。

巨大な狼と、それに立ち向かう木刀の剣士。それがどんな戦いになるのか、彼らは想像もできなかった。

そして、想像できない戦いになる、という想定は現実となった。

『おおおおおお！』

咆哮《ほうこう》とともに、巨大な光の壁が出現する。闘技場の中央部、祭我と山水を囲む形で構築されたそれは、法術の壁だ。

だがここまで巨大な法術の壁を、一人で作るなど普通はできない。法術を使えない一般人でもそう思うし、専門家ならば言葉を失うほどだ。

それを易々と展開した祭我の目的は、山水を閉じ込めることになく、戦闘の余波を防ぐため。つまり、より一層激しい戦いへの準備だった。

『おおぉ……はあああ！』

巨大な狼が四足歩行で走り出す。その速さは、一歩目で既に視界から消えるほどだった。

巨体に見合わぬ加速度で最高速度に至り、常人の認識を振り払う。当然、速い分だけ攻撃力も高い。回避も困難であり、先ほどのような迎撃も難しいはずだ。

しかしそれに対して山水も、やはり先を読んで動く。

「外功法、投山」

上空で待機させていた岩の一つを、高速で落下させる。直進する祭我の、その真上からぶつかる軌道だった。

だが山水が祭我の動きを予測できるのなら、祭我は数秒先の世界を予知できる。自分の前方上空から落ちて来るそれを、跳躍して蹴り飛ばし、逆に山水へ叩きつけようとする。

「縮地」

当然、当たることはない。山水は後方へ縮地を行い、落石を回避していた。

だが後ろへ下がった山水へ、祭我が襲いかかる。今から岩を落とし始めても絶対に間に合わない、そんな状況でも、山水は慌てない。

「縮地法《しゅくちほう》、牽牛《けんぎゅう》」

既に落ちている大岩、その二つを縮地で引き寄せる。自分の前に出現させ、祭我からの攻撃を防ごうとする。

『はあああああ！』

しかし、相手が悪かった。神降ろしで大幅に向上した腕力と体重、それをもって四器拳で硬質化した前足が突っ込んでくる。当然ただの岩が耐えられるわけもなく、障子紙を破るように貫かれる。

「瞬身功」

それに対して、山水はあえて消費の大きい、わずかな身体強化を行う。

大岩は防御にはならなかったが、障子程度のめくらましにはなった。この瞬間、祭我は山水を見失っている。つまり予知も及ばない状況だった。

「気功剣法、十文字」

山水は木刀に仙気を及ばせながら、岩を迂回する形で祭我の側面をとった。そして術を込めながら祭我の右後ろ足を、すれ違いざまに叩こうとする。四肢の骨を脱臼させる術、外功法《げこうほう》、崩城《ほうじょう》の準備であった。

とはいえ、それは祭我にとっても既知の技。それも御前試合で山水が披露した、神獣を倒した技である。神獣となった祭我が、もっとも警戒するべき技であった。

『舐めるな！』

巨大になった祭我は、山水を見下ろしながら吠える。しかしその直上から、またも落石が迫っている。

「外功法、投山」

足元に意識を向かわせて、真上から。一瞬の攻防で活きる、不惑の境地。

しかしそれは、祭我の体から飛び出た分身の神獣によって粉砕される。

『だから言っているだろう、舐めるなと！』

この試合中、一度も成功していない、上空からの落石攻撃。それをなおも繰り返す山水へ、祭我はさらに襲いかかる。

「縮地法、織姫《おりひめ》」

その襲いかかる前足を、山水は木刀で払った。ただの木でできている武器などへし折るはずが、触れた者を移動させる縮地上位技、織姫によって移動させられる。

『……意外としつこいな！』

その移動先には、既にいくつも落石が降ってきていた。さしもの祭我も対応が間に合わず、己の体ほどもある岩によって叩きのめされる。

『だがこの程度……なんの問題もない』

普通の人間ならなすすべもなく死んでいるが、今の祭我は完全なる神獣。ただでさえ頑丈である上に、エッケザックスによって強化もされている。

少々威力が増していても、ただの落石など脅威ではない。

『もう、残っている岩はないな？　もう一度浮かびなおさせるほど、お前は健気でもないはず。おおかた遮蔽物を作って死角を増やす気なんだろうが……』

俯瞰している者達は、落石をものともしない神獣に慄いていた。見ていた限り、岩は無防備に直撃していた。にもかかわらず、平然と蹴り起こして立ち上がってくる。

彼らからすれば、まさに異界の怪物。人の道理を超えた化け物にしか見えない。

だがだからこそ、気付けなかった。視界に入っているのに、気付けない。

祭我が神獣になり、四本の足で走ったその足跡。それが変色していることに気付けない。

『躱《かわ》せるか？』

浸血爆毒拳《しんけつばくどくけん》。祭我の前足、後ろ足で触れた地面が、激しく爆発する。法術の壁によって観客は守られているが、祭我自身と山水は逃げられない。

祭我が耐えられる程度の威力しかない爆発ではあったが、それでもほぼ生身の山水では耐えられないだろう。

閉鎖された空間であるとしても、爆竹程度の威力ではない。法術の壁は砕けないまでも、開いている上面から塵が吐き出されていた。

当然、観客達にも細かい塵が降ってくる。だが誰も、それに文句を言うことはない。

爆破の余波によって煙に包まれている、法術の壁の中を誰もが見ていた。

あらゆる攻撃を避けてきた山水だが、さすがにこれだけの爆破には対応できないはずだった。

避ける隙間がないのなら、ただ耐えることしかできない。

だがあるいは、と、そう思っていると、法術の壁が解けた。煙は風に消え、中から人の姿に戻った祭我が現れる。

かなり汚れてはいるが、まったく健在であった。その一方で、山水の姿はまったく見えない。

「……サンスイがどこにいるかわかるか？」

「……いいえ」

ドゥーウェとその父は、山水を見つけることができなかった。

今の爆破で死んだはず、などとは思っていない。絶対に生きているはず、回避しているはず、無傷で現れるはずだった。

この世で山水に血を流させられるのは、師匠であるスイボクだけのはずだった。

だが、まさか、もしや。そう思うほどに、祭我は強くなっている。

「……きっと、ご無事です」

ツガーはあえて、山水が無事だと言った。山水と祭我の攻防の流れを把握できているわけではないが、それでも彼女にはわかることがある。

「サイガ様は、サンスイ様に恥をかかせるために戦っているのではありません」

祭我は熱くならない、判断を間違えない。そう信じているからこそ、そう言い切った。

そして実際に、山水は空から無傷で現れた。上空には残っていないはずの、巨大な岩に乗って。轟音が鳴り、否応なく視線を集める。山水の無事を、誰もが視認せざるを得なかった。

「傷は負わないにしても、埃もつけられないとはな」

「それは上空で払いました、なので少し遅れた次第です」

祭我は、やろうと思えば四方だけではなく上面にも壁を展開できる。だがあえてそれをしなかったのは、爆破の威力を上へ逃がすためであり、山水に逃げ道を作るためである。

爆毒拳による爆破の瞬間、山水は縮地で落岩の上に移動した。そして岩へ軽身功を使い、浮かせたのである。

爆破の衝撃が上に逃げるのなら、風船同然になった岩は上空へ吹き飛ぶ。それは逆に言えば爆発の威力を、移動しながらゆっくりといなせるということ。

踏ん張って受け止めて、全ての威力に耐えるのではなく、あえて吹き飛び力を逃がす。それによって大岩は上空まで飛んでしまったが、その陰に隠れた山水には傷一つない。

「では、続きを」

「ああ！」

祭我はエッケザックスを燃え上がらせた。

それは彼の火の魔法が熟達しているからだけではなく、彼の心が強くなっているからこそ。

スイボクという遠く及ばぬ存在を知り、山水にここまで手こずっても、それでもなお彼の中の自負心は揺るがない。

最初からこれだけ強くなったのではない、この状態を目指して鍛錬を重ねたからこその自負がある。

祭我の中には、敬意がある。相手を下げなければ自分が上がらないというほど、彼の器量は小さくない。

「では私も」

山水はいまさらのように金丹《きんたん》を飲んだ。先ほどの神獣に比べればあまりにもささやかだが、肉体を成長させて身体能力を上げる。

その顔は、笑っていた。とても楽しそうに、嬉しそうに。他でもない山水が、祭我の成長を喜んでいた。

「……いくぞ」

祭我は駆け出した。

ほぼ強化を解き、燃え盛る剣を手に最強の剣士へ挑む。山水もまた縮地を使わず、わずかに自己強化をしただけで走り出す。

双方の剣士が剣舞に興じ始める。だがそれを見て、いよいよ観客達は困惑する。

この戦いは、一体いつまで続くのか。お互い全力で戦っているからこそ大規模な術合戦になっているが、それでも乾坤一擲《けんこんいってき》の境地ではない。

これだけ大きな術をぶつけ合っているのに、双方ともに怪我も疲れも見られない。手が尽きた、力が尽きたという気配がない。

まだまだ続けられる、いつまでも戦える。天井知らずの底なしを示しながら、二人は戦い続ける。

その姿を、バトラブの当主は見ていた。

「……よく頑張ったな」

それは父が子供の成長を喜ぶ顔であり、打算を抜いた一重の喜びだった。

祭我と同じ程度の努力は、本当にどこの誰でもやっている。だが彼と同じ努力をしても、彼と同じ強さは手に入らない。

彼は本当に選ばれし者だった。

それでも、努力をしたこと、達成したことを祝福していた。

残務

かくて、バトラブの民達は理解していた。

ソペードに白黒山水あらば、バトラブに瑞祭我あり。強大極まる戦士が二人、アルカナ王国に存在している。

到底太刀打ちできない強さを持つ二人の戯れを見て、彼らに破格の地位が与えられている理由を思い知った。

珍しいだけの外国人に破格の地位が与えられているのではなく、ただ能力相応の地位が与えられているだけのこと。

バトラブが保護主義の中に例外を設けたくなるほど、他の家に奪われてはならないほどの強さを持つのが、次期当主である瑞祭我。

その恐ろしさを心胆に刻まれた彼らは、もはや改革や反乱など考えまい。あの祭我が現在の政策を続けるというのなら、反攻することは彼と戦うということだ。

民達の意識の変化は、高い身分の者達にも伝わった。祭我の将来性を期待していた者達も含めて、期待以上に成長した祭我の姿に胸を熱くしていた。

「君が適切な評価を受けることができて、とても嬉しい。もはや君の力を疑う者は、この地にはいない……いや、どこにもいないだろう。たとえスイボク殿がここにいても、君を褒めこそすれ、否定はするまい」

試合が終わった後、バトラブの当主は祭我とハピネ、スナエとツガーを私室に招いた。誰よりも祭我に期待していた彼は、それを越えてきた祭我を心から賞賛したのである。

それを聞いている四人は、ただ恥じらうばかりであった。

「これで君は、民からも認められる次期当主になったということだ」

「それは……少し違うと思います」

祭我の立身出世にも、祭我だけを特別扱いする保護主義にも、誰も文句は言うまい。だがそれは、突き詰めれば祭我が怖いからというだけだ。

まだ誰も、祭我の当主としての適性はわからない。それは彼自身も同じである。

「俺が王都で鍛えてきたこと、マジャンに行って挨拶をしたこと。それらは間違ってないと思います。でも、だから……今後は、バトラブにいようと思います」

祭我の強さをバトラブの民が知ったというだけで、祭我はバトラブのことを何も知らない。ただ力を誇示して脅かすだけの主《あるじ》など、誰も求めていないだろう。

「俺がやったことは……不満を抑え込んだだけ。それは間違ってないですけど、それだけじゃあ貴方の跡は継げない」

「いまさらだが一応言っておこう……大変だぞ」

「一人じゃないですから」

臆面もなく、女に頼ると笑う祭我。

「嫌なことがあったらハピネに慰めてもらいます、くじけそうになったらスナエに奮い立たせてもらいます、間違ったことをしたらツガーに諌《いさ》めてもらいます。だから……俺は大丈夫です」

「……そうか」

祭我と、その妻三人。頼もしい後継者を見て、当主は静かに涙を流した。

「そう言ってくれるのは嬉しいが……君達にはまだ王都での仕事がある。それが片付き次第戻ってきてくれ……それ以降は忙しくなるだろうからな」

祭我が王都でする最後の仕事、それは既にマジャンでやったことである。

「ハピネと君、ステンド王女とウキョウ、そしてドゥーウェ君とトオン王子。この三組の合同結婚式……しっかりと務めてくれたまえ」

第三章

家族の再会

吉報

さて、ここからは俺、白黒山水の話である。

バトラブの領地で試合をした後、俺達アルカナ王国一行はそこからさらに王都を目指した。

国家の使節団としての役割も帯びていたため、今回の結果を国王陛下へ正式に報告する必要があったのだ。

師匠が持たせてくれた仙術の宝の数々は実質的に無料なのだが、他の贈り物や使節団の人件費などを合わせた費用はとんでもなく高額である。その一部を王家から出してもらっているということもあって、ちゃんと挨拶をしないとまずいのだ。

正直に言えば、俺一人でも王都を通り過ぎて、その先にあるソペードへさっさと帰りたいところである。

トオンと一緒だったお嬢様や、ハピネやスナエ、ツガーと一緒だった祭我と違って、俺はブロワの実家にブロワとレインを待たせている。

もう一年以上会っていないので、早く帰りたかった。俺だけではなく、ブロワ達もそう思っているだろう。

護衛の任は解かれているし、もう実務で俺が必要ということもないのだが、さすがに直属の主を置いて先に帰る、というのは心苦しい。

なにか急ぎの仕事でもあればいいのだが、あいにくとそこまで忙しくない。俺がアルカナ王国を留守にしている間に、俺の生徒達が問題行動を起こしていればその限りではなかったが、幸いにもそうしたことは起きていなかった。

今すぐ帰れないのは残念だが、俺の生徒達が皆真面目に頑張っているのはとてもいいことである。それに考えようによっては、もう少し我慢していれば、後はしばらく暇な時間ができるということだ。

久しぶりの家族水入らずを、特に焦ることなく過ごせる。そう思うと、あと少しの辛抱だと我慢できる気がした。

と、もうすぐ会えるけども、まだ少し先だと思っていたのだ。

しかしその考えは、吉報によって覆された。

なんとこの一年の間に、ブロワの妊娠が判明して、すでに子供が生まれていたというのだ。

×　×　×

「父上、ドゥーウェ、トオン。皆の帰国を、私は首を長くして待っていた。この長い旅で誰も変わりなく、とても嬉しく思っている」

王都にあるソペードの屋敷で、現当主であるお兄様が俺達を迎えてくれた。

てっきりお嬢様やトオンに対して何か言うかと思ったのだが、その視線は俺に注がれている。

「積もる話もあるだろうが……その前にサンスイ、お前に伝えておくことがある」

お兄様は、父や妹、義弟ではなく、最初に部下の俺へ話を切り出した。もちろん普段はこんなことをする人ではないので、俺だけではなく他の三人も驚いている。

だがお兄様の次の言葉で全員納得した。

「お前がアルカナを離れた後、ブロワの妊娠が判明した」

俺は思わず息を止めた。俺がマジャンへの旅で馬車に揺られている間、ブロワはとても大変なことになっていたらしい。

おめでたい話ではあるのだが、万が一のことが起こり得るのが妊娠である。俺は不安になった。

「そ、その……ブロワは大丈夫ですか？」

「私も直接会ってはいないが、無事に出産し、母子ともに健康ということだ」

その不安を吹き飛ばしてくれるお兄様の言葉を聞いて、俺は喜ぶよりも先に安心してしまった。

「そうですか……母子ともに健康……よかったです」

「もうちょっと喜びなさいよ」

だがお嬢様はとても不満そうだった。俺が喜んでいるように見えないのが、お気に召さないらしい。

その隣にいるトオンとお父様は、俺に共感しているようだった。

「その、なんだ、ドゥーウェ。私が言うことではないが、サンスイは十分喜んでいると思うぞ」

「ドゥーウェ、サンスイ殿はとてもお喜びだぞ。そうそう大げさに感情表現するほうではないと、知っているはずではないかな？」

既に出産が終わった後で、妊娠していたと知らされた男の心境を、二人は汲み取ってくれたらしい。だがその一方で、お嬢様は不満げだ。

「確かにサンスイは普段からつまらない男だけども、こういう時ぐらいは意外な顔を見せてほしいところだわ」

お嬢様は、心底がっかりしている。

「本当に……つまらないわね」

「申し訳ありません」

「ブロワもレインもかわいそうだわ……こんなつまらない男が父親でいいのかしら。ねえ、お父様」

「う、うむ」

お父様やお兄様を基準に、話を進めないでください。

確かにお父様もお兄様も、はたから見れば感情豊かで面白い人だとは思いますけども。

「貴方にとってブロワは妻で、レインは娘でしょう。でもね、私にとっては二人とも妹のようなものなのよ。こんなダメな父親じゃあ、二人がかわいそうだわ」

本気で呆れているお嬢様。

本心から、ブロワとレインを憐れんでいる。

そんなにひどいかなあ、俺……。

「……サンスイ、お前の気持ちはわからんでもない。男と女ではよくあることだ、気にするな」

と、お父様は俺に寄っている。俺も昔はよく言われたなあ、と自分の過去を振り返っているようだった。

「まあそうかもしれませんが、だからこそ耳を傾ける価値があるのでしょう。サンスイ殿、ドゥーウェの言うように女性は考えるものです。気持ちを伝えるには、素直なだけではいけないのですよ」

その一方で、トオンがアドバイスしてくれる。彼の言葉は、本当にためになる。時々どっちが年長者なのかわからなくなるほどだ。

「そうね……ブロワはいろいろと諦めているでしょうけど、レインは貴方にいろいろと期待しているでしょうし、少しは気にしてあげたら？」

そう言って、お嬢様はにやりと笑った。その視線の先には、お兄様とお父様がいる。

「そうねえ……もしも私がトオンの子供を産んだら……」

「なんだとぉ!?」

「貴様！　まだアルカナでは式を挙げていないというのに！」

もういい加減諦めていただきたい。これでは何をしにマジャンへ行ったのか、まるでわからなくなってしまう。

「それはもう、普段のすました顔からは想像もできないほど、わざとらしいほどに大げさな反応をしてほしいわね」

「なるほど……確かにそれは大事なことだな。覚えておくとしよう」

「ええ、楽しみだわ」

お嬢様とトオンがラブラブで素晴らしい。

なるほど、これが円満な夫婦というものか。

それにしても、大げさすぎるほどに大げさなほうがいいとは……。

「まあとにかく、道化を演じなさい。それも大事な誠意よ、間違っても大人の余裕を見せないようにね」

大人の余裕……今までの俺に、そんなものがあったのだろうか。お嬢様のありがたい言葉だが、適切かどうかははなはだ疑問である。

「……それでだ、サンスイ。仕事のことはいいから、もうブロワの元に向かっていいぞ」

「……よろしいのですか？」

お兄様からのありがたい言葉を、俺は思わず聞き返してしまう。確かに今すぐ帰りたいぐらいなのだが、まさか積極的に許可を頂けるとは思っていなかった。

「子供が生まれたと教えておいて、まだ残れと言う気はない。特に仕事があるわけでもないのだから、送り出すのは当然だろう」

本当にありがたいお言葉だった、思わず涙が出そうである。

「ああそれから、ブロワの実家へ行く前にソペードの本家へ行け。お前の礼服を作らせてあるから、受け取ってから向かえ。少し回り道になるが、お前なら大した問題になるまい」

「……礼服ですか？」

「そうだ。ブロワとレイン、それから新しい子供にも見せてやるといいぞ」

心尽くしを頂いて、本当に涙が出そうだった。そんな俺を見て、お嬢様もお父様も、トオンも幸せそうである。祝福に包まれながら、俺はかろうじて返事をした。

「身に余る光栄、感謝の至り。それではご厚意に甘えまして、一足早くソペードへ戻らせていただきます！」

俺は何度も頭を下げてから、屋敷を出た。そしてそのまま、飛ぶように駆け出して、王都を出ていったのである。

妻と娘、そしてまだ見ぬ赤ん坊に会う。俺の胸は、今までになく弾んでいた。

特注

自由行動を許された俺は、王都からソペードの本家を目指して、軽身功を使用して道を飛び跳ねながら移動している。

軽身功を使うと体が軽くなるので、風が吹いたら飛ばされていきそうだと思われるかもしれない。だが仙人は自然の大気と親和性が高いため、横風や向かい風は無視でき、追い風だけを利用できる。

空気抵抗を無視して、ぴょんぴょん飛び跳ねられる、と思えばそれで合っている。

本来は瞬身功を使えばさらに速くなるところなのだが、軽身功と違って瞬身功は仙力の消費が激しいので控えていた。

空気抵抗を無視して、地形などを気にせずに最短距離を走れる上に、一切休憩を挟まずに走れるのが仙人のいいところだ。

飲まず食わずでも一切不調がなく、やろうと思えば寝る必要もない。

夜間でも道に迷うこともなく、風雨や降雪からも影響を受けず、暑さ寒さも問題なし。

最近は祭我やランのインチキさに目が行きがちだったが、いまさらながら仙人というのはインチキである。

とまあ、自画自賛しつつ、心中は浮かなかった。

そう、そんなインチキに振り回されていた御仁達に、俺は会わないといけないのである。

十代だと思っていたら、五百代でした。

なんだそれ、みたいな話であろう。

師匠からの教えによって、心中が仙術や体術に影響を及ぼすことはないのだが、それはそれで心なしか足取りが重くなるようだった。

×　×　×

一切休息をはさまず寝ることもなく走っていた関係で、俺は思ったよりも早くソペードの本家へ到着した。

そこには俺もお世話になっている、職人さん達がいる。

いかにソペードが競争主義だといっても、御用達の職人ぐらいは存在する。

定期的にコンテストだかなんだかをして入れ替えをしているが、ここ十年ぐらいは一度も変わっていない。

それはつまり、俺の服や木刀を作っている職人さんはずっと変わっていないということである。

「サンスイ様、お帰りになってなによりです」

片眼鏡の中年男性、服飾職人を務めているお方は、戻ってきた俺を見てやや慇懃《いんぎん》無礼にそう告げた。

一応、今では俺も貴族である。ゆえに今では彼よりも俺のほうが立場が上だった。

とはいえ、それで彼の心中が変わるわけではないのだが。

「では、早速ですが……結婚式で着るための礼服を、一度着ていただけませんか？」

「え、ええ……」

用意されていたのは、軍服ふうの白い礼服だった。

それのサイズ違いが、なぜか一着ずつある。いや、なぜかというか、俺が金丹を服用した場合に合わせているのだろう。

仙術で成長した場合着ている服も一緒に大きくなる、と伝えているはずだが、そこは意地だろう。

とりあえず小さいほうの礼服を着てみた俺を見て、彼はとても憎々しげだった。

「さすがですね、ピッタリですよ」

「ええ、ピッタリですねえ……七年以上前から、一切変わらずに……調整の必要もなく」

と、いまさら過ぎることをおっしゃる。そう、であろう。

俺はエッケザックスから『仙術を修めた仙人は不老長寿』であると明かされるまで、自分が五百歳であることを言わなかった。

しかし他でもない服飾職人は、俺の身長が一切変わっていないことを、ひたすら疑問に思っていたはずである。

「それでは、金丹とやらも使用していただけますか。もちろん、服を脱いでから」

「え、ええ……」

「……まったく、馬鹿にされた話です」

憤慨しながら、俺が服を脱ぐのを手伝う服飾職人。

その眼には、一切成長していない俺への、一種の憎しみが燃えていた。

「貴方もご存知だとは思いますが、服とは人の成長に合わせて変えていくものです。ドゥーウェ様やブロワ様にも、その年頃に合った服を私は納めてきました」

「え、ええ……」

「服飾職人である都合から、ご婦人の肌艶をみることも少なくありません。その私からすれば……貴方がおかしいことなんて、ずっとわかり切っていましたよ。ええ！」

「そ、そうですか……」

「私が、貴方の成長に合わせて模様やらなんやらを考えていたのは、なんなんですかねえ！」

職人のこだわりが、極めて直接的に無為にされていたことへの憤りだろう。

俺も剣士なので、その道にこだわりがあることは理解できる。

理解できながらも、俺は下着姿、ふんどし姿になってから金丹を服用した。

するると、俺がぴったりと締めていたふんどしは、俺の成長に合わせて大きくなっていく。

その光景を見て、さらに憤りを深めていた。

「まったく、貴方は何なんですか！　全く歳を取らないと思っていたら！　成長する時は服も一緒に大きくなるなんて！　私のことを馬鹿にしているんですか！」

「も、申し訳ない……」

怒りながら、俺の体を採寸している。

マジャンへ行く前と変化がないのか、確認しているのだろう。

もちろん、一切変化はない。

「五百年も剣に研鑽《けんさん》を積んできた貴方からすれば、百年も生きていない私なんてさぞ子供に見えるんでしょうがねえ！　私だって三十年以上もこの道で食ってきたんです！　その私からすれば、貴方の着ている素人でも作れるような服を七年も作らされたことや、一切工夫ができなかったことは、職人の誇りにかかわるんですよ！」

「す、すみません」

怒りながら、俺に服を着せていく。

うむ、実にぴったりだ。

「私だって、ソペード領地一番の職人であり、国内全体でも三指に入るだけの自負があるんです！　その技をもってすれば、どんな難しい注文にだって応えられるんですよ！　それなのに……あんな簡単な服を作らされ続けた日々は……本当にどうかと思っていましたよ！」

すみませんが、それは俺ではなくてお兄様やお父様、お嬢様に言ってください。

あんな簡単な服を着続けていたのは、俺の意志ではなくソペードの意志なので。

まあ、成長云々は俺が悪いのですけども。

×　×　×

さて、礼服の確認がすんだところで、今度はソペード御用達の剣職人のところへ向かった。

ブロワのレイピアや、俺の木刀を作ってくれている御仁であり、普段からお世話になっている人だった。

「俺はなあ……サンスイ様よ。自分の作る剣に誇りを持ってたんだよ」

そのお世話になっている人が、俺に文句を言ってきた。

「は、はあ……」

「ソペードにいる並みいる剣職人の中でも、一番の凄腕だ。武門の名家であるソペードの精鋭が、俺の作った剣を使っているのが、俺の誇りだった」

「は、はい……すごいと思ってます」

拳をプルプルと震わせ、今にも殴りかかってきそうだった。

「ソペード御用達の俺が作る剣だ、そんじょそこらのチンピラには卸さねえ。この国一番の剣を作ってるんだ、近衛兵だとか聖騎士ぐらいじゃねえと使ってほしくねえ。いいや、使わせねえ」

「な、なるほど……」

「上等な剣は、上等な剣士のためにある。雑魚が使ったら、どんな名剣も鈍になっちまう。その俺が……その俺が……！」

この人もまた、本当に悔しそうである。

「国一番の剣士に！　木刀だけ納めるってどういうこった！」

「す、すみません！」

「むかつくのはなあ！　お前が本当に国一番で、木刀だろうが鈍だろうが、敵からブン捕った剣だろうが錆びてようが、お構いなしで使いこなすことだ！　武器職人を何だと思ってるんだ！」

本当に、エッケザックスと同じようなことをおっしゃっている。

確かに、俺は剣を選ばない。木刀どころか、そこらの棒でも一切困らない。

「七年ぐらい前にだなあ！　ブロワお嬢様に納めるレイピアの他に、木刀やらなんやら、とにかくたくさんの剣を持ってくるように言われてだなあ！　ソペード様のお屋敷に招かれた時だ！　その時初めてお前に会ったんだよ！」

　お前呼ばわりの上、胸倉をつかまれた。

　俺、貴族なのに……。

「覚えてるだろう！　軍法会議で死刑が決まった兵士達を百人集めて、前の当主様がお前に試し斬りさせただろう！　できるだけ荒っぽく使えってな！　その時俺もいたんだよ！」

「は、はい！　覚えてます！」

「ガキが使える握りじゃねえって止めようと思ってたが、解放された十人を初めて握った剣で全員ぶち殺した時は、そりゃあびっくりしたもんさ！　俺んちのガキよりも小さいガキが、初めて握った剣で兵士どもを皆殺しにしたんだからな！　その技の冴えは、今でも目に焼き付いてるぜ！」

「は、はい……」

「兜越しに頭蓋骨をカチ割って剣が途中で折れようが、短くなったまま使いこなしてぶち殺した時は、前の当主様も俺も驚いたもんさ……お前は剣が刃こぼれしても、折れても、それを把握して使いこなしてたからな。最初は馬鹿にしてた兵士どもが、どんどん青ざめていくところは、まさに痛快だったぜ」

　ああ、そんなこともあったなあ……、とか。

　こうやって身分が高い人にも、言いたいことを言う主人公がいたなあ、とか。

まあそんなことを考えながら、俺は目の前の人の血気盛んさから現実逃避しかけていた。

気持ちはよくわかりますが……でも、仕方がないと思います。

「大きくても重くても、小さくても軽くても、どんな剣でも使いこなせる最強の剣士。そんなお前を見て、どんな剣を作ろうか考えてたもんさ……」

「い、いい木刀をいつもありがとうございます……」

「ふざけんじゃねえぞ！」

弘法筆を選ばず。それは筆職人にとってはショックであろう。

俺も似たような不快感を、剣職人に与えていたらしい。

「いえいえ、その、俺が作った木刀よりもずっと出来がよくてですね……俺なんか五百年も木刀作ってるのに、全然上達しなくてですね……いつもすごいなって……」

「嫌味かこの野郎！　ふざけやがって！　お前は！　お前とお前の師匠は！　単にどうでもいいと思ってるだけだろうが！」

ぶんぶんと、前後に頭を揺らされている。

すごい怖い。

「お前の師匠が作った剣を見たぞ！　わりとまともな剣だったぞ！　石でできてるけどな！」

「いやあ、俺もびっくりしました。師匠にあんな特技があったなんて……」

「お前の師匠は！　まともに剣が作れるのに！　お前に適当な木刀の作り方しか教えなかった

んだろうが！　そっちのほうが職人を馬鹿にしているんだよ！」

ぶっちゃけ師匠は……。

『宝貝の剣は強いなあ！』

『自分でも宝貝の剣を作れるようになろう！』

『自分で作る宝貝はすぐ折れるから、折れないのが欲しいなあ』

『エッケザックスを手に入れたぞ！』

『エッケザックスに頼っていると、剣の腕が鈍る』

『人間を殺すなら棒でよくね？』

という感じで修行を進めていたので、俺に剣の作り方を真剣に教えるはずがないのだが……。

それを理解しているからこそ、職人さんは怒っているらしい。

「最強の剣士なら、もうちょっと道具にこだわれ！」

「い、いい、いいえ！　貴方の作る木刀は、そこいらの木刀とは質が違うんですよ……！」

「意地に決まってるだろうが！　俺の気持ちがわかるか？　精魂込めて作ってる、工夫している多くの剣達……それらを全部無視して『やっぱり木刀が便利』とか言われた俺の怒りと憤りが！　じゃあ剣職人はなんのためにいるんだ！」

「こ、殺さずに治める時もあるので……木刀のほうが便利なんです……」

「客から『最強の剣士と同じ剣をくれ』と言われた時に！　はいよ、って木刀を指さす俺の気持ちが！　お前にわかってたまるかあ！」

　これも、最強へのあこがれの形であろう。最強の剣士にあこがれ、それに近づくために形から真似る。俺も師匠の真似をしている身なので、気持ちはよくわかる。

　問題は、この国の剣士にとって最強なのが、貧相な格好をしている木刀を持っているだけの小僧っ子ということだろう。

「それを聞いた時の、客の残念そうな顔を！　俺が何度うんざりしながら見ていると思ってるんだ、あああん!?」

　俺も師匠も剣術を究めすぎて、『剣』という『物体』そのものには全く頓着がない。

　気功剣や重身功がある関係で、木刀である必要さえないのだ。

　以前祭我に対して、本当の『剣』というものを示していい気になっていたが……。

　この人にとっては、それが許しがたいことのようだ。

「すみません、すみません！」

「ようやく、ようやく！　ようやくまともな剣を注文しやがって、この野郎が！　もっと早く注文しろ！　っていうか最初から注文しろ！」

「すみません、すみません！」

「儀礼用のと合わせて、実用のも作ったからな！　ちゃんと使えよ、この野郎！」

　今この瞬間、この職人さんは間違いなく『ラノベの主人公（技術チート系）』だった。

袈裟

よくある笑い話で『デートだから気合の入った服だぞ』とかして『ぎゃあ！　汚れちまった！』とかそういうお約束がある。

実際に起こり得ることであり、それこそ貴賤を問わずに共感できる話題なので、この世界でもお約束として存在している。

そう、俺の場合も同じである。

念願の洋服を手に入れ、それに合った儀礼用の剣も手に入れた。これで娘も妻も喜んでくれるだろうが、礼服のままでウィン家へ向かうへまはしなかった。

俺はいったん着物に着替えなおしてから、ソペードの本家からブロワの実家へ向かった。

もちろん礼服も儀礼用の剣も、ちゃんと水をはじきやすい布で包んでいる。

というか俺は少々いい生地を使っているとはいえ、所詮は簡素な服を着ているだけの小僧っこである。

その小僧が、こんな儀礼用の服やら剣やらを風呂敷らしいものに包んで担いで走っているのだから、その姿はまるで泥棒だ。

とはいえ、これは必要なことなので仕方なかった。

そもそも俺は高速で移動しているので、そうそう誰かに捕まることはない。加えて、ここはソペード領地。つまり、ある意味俺にとってのホームである。

黒い髪をした小僧っこが、明らかに希少魔法を使って高速移動している。ああ、童顔の剣聖か、と誰もが納得してくれるだろう。

仮に関所などで咎められたとしても、通行証をお父様からいただいているので全く問題ない。ハピネがバトラブで大きな顔をしているように……というと大げさだが、ソペード領地での俺はかなり自由が利く。

最近は王都にいることが多かったが、なんだかんだと五年ぐらいはソペード領地にいたので、俺は結構有名なのだ。

「おお、ようやくウィン家の屋敷が見えてきたぞ」

既にブロワやレインの気配が察知できるので、一度縮地をすればそのまま屋敷の前に移動できるが、あいにくと今の俺は着流しに木刀である。

故郷に錦を飾る、とは少し違うが、今は一張羅をいただいているのだ。正直自慢したい面もあるので、いそいそとお着替えである。

いったん近場できれいな水場を探し、体を清める。

仙人なので老廃物はほとんど出ないが、王都からずっと走ってきたのでさすがに少々汚れていた。

水浴びを終えると、金丹を飲んでから身支度をする。正直そんなに身なりへ気を使うほうではないのだが、やはり自分用の礼服があるのだと思うとテンションが上がる。

師匠と過ごしている頃は、自分で作らないといけなかったし、着流しでも全然よかった。

しかし中世ヨーロッパふうの国の中で、一人和風の貧民みたいな格好をしているとやはり疎外感があった。

俺という希少魔法が使える外国人を、自分の配下として売り出したかったお嬢様やお父様、お兄様の考えはわかる。

しかしそう考えると、やっぱり祭我はずるいなあ……。

「いかんいかん、未熟未熟……」

改めて、自分の姿を確認する。

服装も軍服で、腰に下げている剣は儀礼用の豪華なもの。

加えて金丹で成長している姿になっているし、一応台本のような予行練習もすませてある。

ばっちりした姿をした俺は、改めてブロワの実家の前に向かう。

ブロワの実家は貴族なので、門の前にはちゃんと門番が待機していた。

嫁の実家ということや、身なりがきちんとしているということもあって、俺はちゃんと門番へ話しかけようとした。

やっぱり、お世辞とか言われちゃうかもなあ。そんなことを考えていたのだが、反応はまったく違っていた。

「お仕事ご苦労様で……」

「何者だ、怪しい奴め！」

「身なりはきちんとしているようだが……お前のようなものが来るなどと、連絡を受けていないぞ！」

「……」

声をかけたら、普通に拒否された。ものすごく普通に、門番の人は俺が誰かわからないらしい。

「あの、俺は……」

「何者かは知らんが！　ここはウィン家だぞ！　誰だか知らんが、約束もなく入れると思うな！」

「そうだそうだ！　ソペード家筆頭剣士、武芸指南役総元締め、シロクロ・サンスイ様と縁続きの家だぞ！」

すみません、それは俺です。

そうだった、よく考えたら今の俺を見て俺だとはわからないし、そもそも事前に連絡も何もしていない。

これで俺を素通ししたら、それこそ門番はなんの仕事もしていないことになる。

「……出なおしてきます」

「二度と来るな！」

「ソペードの威光、切り札の武勇を恐れるのならな！」

いや、だからそれは俺です。

とはいえ争うのは不毛なので、一旦ウィン家の門から撤退する。

やろうと思えば、門番なんて簡単にぶっとばせるし、そもそも門をくぐる必要もない。普通に浮き上がって門をまたげばいいだけだ。

しかし、俺は一応貴族だし、妻の実家で真面目に門番をしている彼らを無視していいわけがない。

でも、俺の心は少し傷ついていた。

とにかく、一旦仕切りなおしである。俺は先ほど着替えたところへ戻った。

俺は一旦金丹の術が切れるのを待ってから、着物に着替えて腰には木刀を下げた。

これでどこからどう見ても、普段通りの俺である。

せっかくの礼服は包み直すことになったし、儀礼用の剣は着流しに合わないのでしまった。

惨めな思いはあるが、これなら誤解されまい。俺は改めてウィン家へ向かった。

「すみません、白黒山水ですが……」

「おお、サンスイ様！」

「ようこそ、ウィン家の屋敷へお戻りくださいました！」

普段の格好で戻ったら、普通に門番の人も俺が誰だかわかってくれた。

当たり前なのだが、複雑な心境だった。

みすぼらしい格好をしている、木刀を腰に下げた子供が俺、という認識はいかがなものか。

ともあれ、他に俺みたいな服装の、黒い髪に黒い目をしている男が何人もいるわけもない。

なんかこれと逆の話が一休さんだか誰かであったような気もするが、深くつっ込むまい。

「ブロワお嬢様のことはご存知ですか？」

「いやいや、もう奥様ですな……」

「え、ええまあ。母子ともに健康とだけ聞いております」

「ええ、旦那様もお喜びですよ！」

「レインお嬢様も、毎日可愛がっておいでです！」

うん、俺が来たことを喜んでくれているらしい。しかし……なんだろうか、この釈然としない感じは。

一休禅師もこんな気分だったのだろうか……。

だが、ここでドヤ顔で『さっきのは俺だったんだぜ』とか言うのは、あまりにも殺生であろう。別に不当な暴力を受けたわけでもないし……。

「マジャンからの旅路でお疲れでしょう！」

「さあ！　どうぞお通りください！　私めも屋敷へ先に連絡して参りますので、ごゆっくりどうぞ！」

俺への敬意は本物なだけに、俺としてはなんとも言えない気分だった。

それにしても、出産のために里帰りしている妻の実家へ、おめかしをして驚かせようと思っていただけなのに、どうしてこんな気分になってしまうのだろうか。

表情に出してはいないが、そもそもこの状況を不満に思う心が未熟である。

誰も悪くないのだ……そう、誰も悪くないのだ。

服を作ってくれた人も、剣を作ってくれた人も、門番の人も、誰も悪くないのだ。

「し、失礼します……」

そして、普段通りの格好のままで、二人の待つ部屋へ行くことになった。途中で着替えようかとも思ったのだが、門番の人が一緒についてきていた。

というか、俺の礼服や儀礼用の剣の入った包を、代わりに持ってくれている。

小さな親切、大きなお世話とはこのことか……。

部屋に入ると、俺のことを見て露骨にがっかりしているブロワとレインの顔を見ることになった。

やっぱり、普段とは違う姿の俺を期待していたらしい。裏切って申し訳ないが、最善を尽くしたのだと心中で弁解しておく。

ブロワは『まあサンスイなら仕方ないな』みたいな諦めがあるが、旅に出る前より結構大き

くなったレインは露骨に不満があるようだった。

「ああ！　パパ！　なんでそんな格好で帰ってくるの！　お嬢様のお家で、素敵な服ができたって聞いていたのに！」

「れ、レイン……サンスイが普段通りの姿で帰ってきただけじゃないか……なあ、うん……サンスイ、私は残念に思っていないぞ」

「そんなことないもん！　ブロワお姉ちゃんも、期待してたもん！」

「そうだな……せめて、金丹で大人になってから来てほしかったのだが……」

「パパ、気が利かないよ！」

ものすごく久しぶりに会えた娘から、面と向かって罵倒された。

やっぱり傷つく……。これが反抗期か……。

「……」

俺が謝れば全部丸く収まるのだろう。

釈然としない気もするが、別に誰が悪いわけじゃないんだし……。

「う、うん、ゴメンな二人とも……」

事情をすべて把握しているのは俺だけなので、俺が黙っていれば俺が悪いでいいのだ。

俺が一番年上なんだし……別に説教したいわけでもないし……。

でもなぜだろうか、俺の背後で荷物を抱えている門番の人が、とてもほほえましい気配を放っているのが釈然としない。

「ほ、ほらレイン……なにかおみやげがあるようだぞ……」

「おみやげよりも、パパにはちゃんとした格好をしてきてほしかったもん！」

「そんなことを言わず……ほら、貸してくれ」

とにかく、ブロワは門番から荷物を受け取っていた。

「さ、さあ、何が出てくると思う……？」

「知らないよ！」

「……ん？　服と剣か？」

あ、よりにもよって門番の前で広げてしまった。

それを見て、アレっ？　という反応をしている門番の人。

そう、それはさっき追い返した不審者の格好にほかならない……。

「そ、それは……こ、今度の結婚式で、俺が着る服なんだ……おみやげとかではなくて、すまん」

「い、いや気にするな。そうか、お前もこういう服を……」

「なんでこういう服を着て帰ってこないの！」

微妙に嬉しそうなブロワだが、門番の人はすっかり青ざめている。

どうしよう、門番の人がこの場にいるせいで、俺が我慢したのが全部無駄になってしまった……。

「わ、悪いな……ほら、汚すとまずいだろ？」

「いいから！　早く着てよ！」

このあと、金丹を服用した上で礼服を着て儀礼用の剣を腰に下げた俺は、ブロワとレインに歓迎された。

しかし、俺はそんな二人のことよりも、この場へ荷物を持ってきてくれた門番の人の自殺しそうな顔に、どうしても目が行ってしまっていた。

どうしよう、この人は全然悪くないのに……。どうしてこんなことになってしまったんだ。

やっぱり、自分の姿を偽るのはよくないのだろう。俺はなんとはなしにそう思うのだった。

「なるほど……素直に言えばよかったんじゃないか？」

「いやいや……押し問答は趣味じゃないし……」

門番の顔色がおかしかったことをブロワが不思議がったので、俺は結局説明した。

ブロワの言うように、最初の時点で俺が『白黒山水です、変化しています』と自己申告するべきだったのかもしれない。

しかし、それは無体だろう。言っても絶対に信じないって、わかり切っているし……。

「そりゃあお前やレインは、俺が金丹で成長できることを知ってるし、普通の時の俺の顔もよく知ってるから大きくなってもわかるだろうさ。でもなあ……お前の家の門番がそんなに詳しいと思うか？」

この世界には写真とかはないので、それこそ肖像画ぐらいしか顔を残すすべがない。しかも、俺の肖像画をブロワの家の門番がよく見ているわけがない。

子供の姿をしている普段の俺しか知らないのなら、それから五歳か六歳は年齢を重ねている姿の俺を見ても『ブロワお嬢様の旦那様だなあ』とは思えないだろう。

そもそもウィン家の門番でしかない者が、俺が不老長寿であることとか、金丹を飲んだら成長できるとか、結婚式に備えて礼服を着て帯剣をしているとか、そんな事情を全部把握しているのは逆に怖いし。

「だいたい『希少魔法で変身しているのでこの姿なんです』なんて言い出したら、キリがないだろう」

「それもそうか……確かに言った者勝ちだな」

というか、押し問答したら門番の仕事の邪魔になるし、ブロワの実家へ迷惑になる。

どうせ金丹の効果が切れたら元に戻って通してもらえるので、俺はいったん引き下がったわけだが……。

よくよく考えてみれば、金丹を飲んだ姿ですんなり入れてもらえると思うことが、まずおかしかったのだろう。俺の特徴って、お父様やお兄様、お嬢様が意図したように『着流しに木刀で子供の姿』なんだし。この世界だと、イメージ戦略がないと覚えてもらえないんだなあ。

「素のままでこの屋敷に入って、そのあとで金丹を飲んで礼服を着ればよかったな。そのあと二人に会えばよかったんだし」

「そうだな……今度からはそうしろ」

やっぱり、久しぶりにブロワやレインに会えるということで、いろいろと浮かれていたのかもしれない。

未熟未熟、修行が足りないなあ。まあ、そのあたりを俺の師匠がちゃんとできているとも思えないので、これは剣術や仙術の修行とはまた別なのだとは思うのだが。

「そんなこと、どうでもいいじゃない！」

ぷりぷり怒っているレインが、反省会をしている俺とブロワに文句を言った。

言われてみれば確かにその通りではあるが、俺もブロワも基本的に仕事付き合いが長かったので、問題が起きると話し合って改善策を練ってしまうのだ。

こういうあたりがお嬢様から見て、俺やブロワが面白くないと言われるゆえんなのだろう。

「そうだな……その、だな、サンスイ……おかえり」

「ああ、ただいま」

はっ、いかんいかん。普通に挨拶してしまった。

せっかくトオンからアドバイスをもらっているのに、これではまたレインに怒られてしまう。

「その……うむ、ブロワ」

「ど、どうした？」

「久しぶりに会えてうれしいよ。ずっと会いたかった」

「お、おおお……！」

貴族のお嬢様、という感じのしとやかな服を着ているブロワに、俺は礼服のまま抱きついていた。

ブロワは椅子に座っていたので、軽身功で浮かせてから抱きしめている。

なんか、ブロワの反応が初々しいというか、出産前とそんなに変わっていないような気がするが……。

まあ、喜んでいるし抱きしめ返してくれているので、そう悪くないだろう。レインもとてもうれしそうにしているし。

「ああ……ああ……うう……ううう……」

「元気そうでよかった……」

「そ、そうか……私も、お前が無事でうれしい……」

なんだかんだと、一年以上離されてたからなあ……。

それに、俺は遠い国へ護衛の任務だったし、ブロワはブロワで妊娠と出産という大仕事があったし。

昔懐かしい俺の故郷ならこんなことはなかったが、声を交わすことや手紙による連絡さえ一年以上なかったわけで。

俺に抱きついたまま泣いているブロワ、加えて椅子にお行儀よく座ったまま泣いているレイン。

なるほど……二人とも、泣いて当たり前だろう。

俺はよくも悪くも、明日死んでも仕方ないという覚悟ができているので、ここまで感情が揺さぶられることがない。それでも、共感はできる。うむ、二人とも元気でよかった。

「今お嬢様やお父様……じゃ、なかった……奥様と前当主様は王都にいる。俺は先行してソペードに戻ってきたんだが……。しばらく家族水入らずで過ごせと言われたよ」

「そうか……それはありがたい」

椅子に座りなおして涙をぬぐうブロワ。

ソペードは武門なので任務は厳しいが、任務が終わったらちゃんと報酬もくれる。

こうして家族で過ごせる時間は、俺達にとって最高の報酬になるだろう。

「ねえねえ、パパ。そのお洋服で、大人になって、ブロワお姉ちゃんと結婚式をするの？」

「これはお嬢様達の結婚式の時に着る用の服なんだが、まあそうなるだろうな……自分の結婚式の時ぐらい、俺にも格好をつけさせてくれるだろう」

「そ、そうか……いやあ、よかった……正直心配していたんだ。金丹がないと、私のほうが背が高いのでな……」

「そうだなあ……ブロワもレインも大きくなったなあ……」

レインを抱えた俺が、お嬢様とブロワの乗った馬車をまたいでからもう七年ぐらい経つのか。

少年老い易く学成り難し、一瞬の光陰軽んずべからず、とはよく言ったもんである。俺は老いたことないけどな。

「いや、パパも大きくなったよ！　自慢のパパだよ！」

「そうだな、お前も大きくなったぞ、サンスイ」

「いや、完全に薬の効果なんだが……」

師匠が作った金丹の効果による、疑似的な成長を『大きくなった』と言っていいのだろうか。言い訳の余地が一切ないほどに、完全にドーピングである。ドーピングして大きくなったね、というのを喜んでいいのだろうか。

「とにかく、俺とブロワの結婚式はソペード内でやるらしい。そこは完全に、ブロワの実家にお任せだ」

「そうだな……父上はそれを最後の仕事にするとおっしゃっていた。そのあとはヒータお兄様がウィン家を継ぐだろう」

「そっか……お嬢様の結婚式の後が楽しみだね！」

あの小さかったお嬢様が、もう結婚か……人生って、本当にあっという間である。

「それで、お嬢様はどうだった？　マジャンの王様から、何か言われたりは……」

「トオン様のお父上からは、結婚を祝福してもらえたよ。残念だが、お母上とは決裂に近くなってしまった」

細かいことは言わなかったが、それでも二人は察したようである。あれだけ立派な王子が遠い外国へ婿入りするとなれば、母親が強硬に反対しても不思議ではないからだ。

とはいえ二人も、トオンとスナエの母親が、反乱まで計画していたとは思わないだろうが。

「そうか……まあ王家なのだ、そういうこともあるだろう。それで、お嬢様は道中退屈そうだったか？」

「トオン様が一緒だったからな……半年馬車に揺られていても、とても楽しそうだったよ」

「すごいな……トオン様は……」

「本当にすごいね……」

俺もブロワもレインも、お嬢様の短気さをよく知っている。

国内で旅行する時でさえ、退屈だから山賊に襲われましょう、とか言い出すし。

俺やブロワがお嬢様から見て退屈な護衛だったこともあるが、それを抜きにしても往復一年退屈させなかったんだもんな……。

「それに帰りの道では、マジャンで行われた結婚式の余韻もあったからな。二人とも、いつも以上に新婚気分を満喫されていたよ。それで、そういう二人はどうだった？　暇じゃなかったか？」

「ソペードの傘下に仕官している、お前の生徒達がたまに顔を見に来てくれたからな。それに、スイボク殿もたまに心配して来てくれた。暇を持て余すほどじゃなかったよ」

俺の生徒達は比較的近隣から集まってくれたんだろうが、師匠は師匠で足取り軽いなあ。

もしかして師匠も、久しぶりに俗世とかかわって楽しいのだろうか。なんだかんだで、千五百年もあの森にこもってたわけだし。

考えてみれば、五百年前に俺と出会った時の会話も千年ぶりだったわけで……。

「みんな優しかったよ、パパ！」

「お前の人徳だな……本当にいい夫を持ったと思っている。私にはそれがなかったからな……」

「そう言うなよ、ブロワ。お前はお前で、ちゃんと実家を守ったし、お嬢様だって守り切ったじゃないか」

俺と二人でお嬢様の護衛をしていたのだから、俺以外に仲間や友人ができるわけがなかった。交友関係の狭さを嘆いても、仕方のないことである。

「そういえば、お姉ちゃんの先生も来たよね」

「ああ、お前への愚痴を言っていたぞ。レインのいないところでだがな」

「……お前の先生って、あの……俺の前の、筆頭剣士だよな」

当たり前だが、ブロワにも剣や魔法を教えてくれた先生はいる。ソペード本家の令嬢を護衛するのだから、その師匠は当然筆頭剣士だった。

俺と初めて会った時には結構なお年だったが、それでも近衛兵並みに強かった。

「そうだぞ。お前に負けてお前に弟子入りを希望して、袖にされた私の先生だ」

「そんなことがあったんだ……」

「ああ、レインはまだ小さかったが……当時の私は、とてもショックだったよ」

強かったなあ、ブロワの先生は。魔法も刺突剣《レイピア》も、どっちも超一流だった。

まあ……七年前でも、俺は縮地と剣術だけなら師匠の領域だったので、負けるわけがなかったのだが。

「わかるか、レイン……自分を育ててくれた、自分を強くしてくれた偉大な先生。そんな人が当時の私と大して年齢の変わらない姿だったサンスイに負けて、ひれ伏して弟子入りを希望した時の、私の心境が」

「パパ、最低～～」

俺は最近になって急成長をしている祭我と違って、森を出た時点で師匠から『お前は十分最強を名乗れる』と太鼓判を押されていた。

自分で言うのもどうかと思うが、その俺が、フウケイさんやパンドラの完全適合者以外に負けるわけがないんだが……。

俺の年齢を知らなかった当時のブロワはそれはもう……とても拗《す》ねていた。

「お前ときたら、師匠から一人前の認可をもらっていないと言って、私の先生が弟子入りすることを断っていただろう。先生はそれで仕方なく諦めていたのに、突然お前がそこいらのチンピラを生徒にして稽古をつけたからな。それはもうご立腹だったぞ。そのあと、埋め合わせだと言ってスイボク殿が稽古をつけてくれたらしいが……」

師匠本当にいろいろやってるな……実は暇なんだろうか。

しかしこうして話をしていると、なんというか、帰ってきた感がある。

ものすごくこう……ほっこりするというか、安心できるというか……。

「……」

「……」

「……」

穏やかな沈黙が、俺達を包む。

しかし、ブロワとレインは、なんか歯切れの悪い顔をしている。

「……どうした？」

「なんか、こう」

「なんだろうね、こう……何か忘れてるような」

「赤ん坊のことか？」

俺はさっきから感知している、この屋敷の中の赤ん坊の気配について二人に確認してみる。

すると、露骨に反応があった。

「そうだよ！　パパとブロワお姉ちゃんの子供だよ！　すっかり忘れてた！」

「いかん、門番とのもめごとがあったから、つい……後回しにしてしまった……」

結構楽しみにしていた俺はいったい……。

まあでも一年以上待ちに待っていた亭主がわけのわからん気を利かせた結果、なんの罪もない職務に忠実な門番を困らせたことで、いろいろと頭が真っ白になってしまったのかもしれない。

「お前が急に帰ってきたので、浮かれすぎていたよ」

やっぱり事前に連絡を入れておくべきだったのだろうか。

二日か三日前にでも一報を入れてから、ソペードの馬車で訪れるという普通の帰宅方法を選べばよかった。

それなら門番だってすんなり俺を通してくれたし、二人だって赤ん坊を抱えて迎えてくれただろう。

一刻も早く帰って顔を出したかったのだけども、やっぱり短気は損気で、何事も普通が一番なのだなあ。

トオンは男女や家族の関係にも、スイボク師匠の教えが有効だと言っていたが、こういうことなのかもしれない。

服とか剣とか金丹とか、形だけ取り繕ってもスマートな解決はできないのだろう。

「もう少しここで話をしてからでもいいんだけど……」

「いやいや、ちゃんと会ってくれ。できるだけ早く」

「そうだよパパ！　ちゃんと顔を見せてあげて！　パパなんだから！」

そう、俺はパパなのだ。子供が生まれて、パパになったのだ。いや、レインを拾った時からパパなんだけども。

×　×　×

さて、ようやく俺は自分の子供と面会できた。

いや、自分の子供と面会、というとレインが自分の娘ではないような表現になってしまうので、そこは赤ちゃんと対面できた、という方向で一つ。

ともあれ、俺は赤ん坊を見た。もうけっこう大きくなっていて、顔立ちもわかる月齢になっている。

そりゃあそうだ、俺が往復一年ぐらいかけてマジャンへ向かって、マジャンで半年ぐらい過ごしたので、十カ月で出産したとして生後八カ月ぐらいだろう。

なるほど、もうだいぶ大きいわけである。

「こう言ってはなんだが……ちっともお前に似ていなくてな……それに、宿しているのが魔力だから、お前の子供だと証明できる要素がどこにもないというか……」

心配そうなブロワであるが、何を恐れているのかもわかる。

母親のほうは自分が産んだんだ、ということで自分の子供だと証明できるのだが、父親のほうはそうもいかない。

つまりは、俺がいない間に不貞をしたのではないか……と疑われることを、ブロワは恐れているようだった。

もちろん、ダインスレイフを使えば血族判定もできるのだが……そんなことをするつもりもなかった。

だいたい、対人関係があんまり強くない俺でも、この状況でどう動けばいいのかはわかる。

そう、ここで大げさに『いやいや、俺に似ているよ』と言うのはだめだ。もちろん、『そんなこと気にするなって！』と否定するのもだめだ。

なんだかんだ、俺とブロワは結構付き合いが長いので、そのあたりの機微は心得ている。

「ブロワ……初産は大変だっただろう。そんな時に傍にいてやれなくて悪かったな」

「サンスイ……」

「元気な子供を産んでくれてありがとう、俺はうれしいよ」

「ううう……」

また泣いてしまったが、悪い涙ではあるまい。

安堵の涙を流す彼女を、俺は抱きしめていた。

「うん、本当にブロワそっくりだな」

赤ん坊ではあるが、ブロワの言う通り俺に似ている要素がどこにもないぞ。

今は籠の中に入れられていて、レインがその頬を指で突っついているが……。

髪の色といい目の色といい、ブロワにそっくりすぎる。それはちょっとだけ寂しかったりする。

「えへへへ。パパ、私お姉ちゃんだよ！」

「ああ、そうだな……」

自慢げなレインを見ていると思うのだが、この子って結婚相手はどうなるのだろうか。

まだ赤ん坊だが、さすがに男女の見分けはつく。健康ならどっちでもよかったのだが、赤ん坊は女の子だった。

果たしてこの子は、どんな相手と結婚することになるのだろうか。

「どうした、サンスイ。娘を見て、そんな悩ましげな顔をして」

「いやなに……この子にどんな縁談を用意すればいいのかと悩んでいてな」

「お前な……少し気が早いんじゃないか？」

「いやいや、出産前から決まっていることもあるらしいし、俺も貴族だから気にしたほうがいいと思っていてな」

多分、お嬢様の結婚式を見たからだろう。気が早いのはわかっているが、この子にも素敵な結婚をしてほしいと思ってしまった。本当に、度を越えて気が早すぎるとは思うが。

「それに……言っちゃあなんだがレインと差がつきすぎるのもよくないと思うしな」

最近忘れそうになっているが、レインは右京が滅亡させたドミノ帝国の、皇族唯一の生き残りである。

そのため後々のことを考えて、レイン本人かその子供を右京の子供と結婚させる予定があるのだが、レインの結婚相手は最上級ということになる。

なにせ、レイン本人が右京の子供と結婚した場合は、属国とはいえ一国を統べる家系に嫁ぐことになる。しかも、右京の結婚相手はステンド・アルカナ様なので、必然アルカナ王家とも親戚になる。

レインの子供を送る場合になっても同じだ。なにせ、そんなとんでもない相手に子供を送ると決まっているので、変な相手との間に子づくりなんてできるわけがない。当然、アルカナ王国内でもかなり上の相手と結婚することになるだろう。

だが、俺とブロワの間に生まれたこの子は別だ。なにせ、ソペードの直臣の間に生まれた、というだけの子である。

ブロワは地方領主の娘だが、既にヒータお兄さんが継ぐと決まっているし、そのお兄さんには子供がいるらしい。

俺は土地とかをもらっていないので、武芸指南役総元締めという役職しかなく、ソペードの競争主義によって俺の娘や息子が継げるわけもない。

つまり、俺と血がつながっていないレインは最上級の相手と結婚することが決まっていて、俺と血がつながっているこの子はあんまりいい相手と結婚できないことがわかっているのだ。

それだけ差があったら、さすがに仲たがいをしても不思議ではあるまい。この子とレインの仲が悪くなりそうな理由は、できるだけ潰しておきたい親心だった。

「そういえば……パパは私が結婚するのが嫌じゃないの？」

「全然、とっても嬉しいぞ」

「それはそれで嫌だな……」

レインが不満そうなのはまあわかるが、お兄様やお父様ぐらい極端に嫁にやらん、という姿勢もどうかと思わないか？

まあほどほどに嫌がってほしいのではあろうが、そのあたりの塩梅《あんばい》は実際にやってみなければわかるまいし。

「言っちゃあなんだが……俺はお前が結婚したら、それでとりあえず一段落のつもりだったしな」

「まあ、パパはそうだよね……お嫁に行きたくなくなっちゃうよ」

「いや、もともとの予定でも、一度別れたら二度と会わないなんてつもりじゃなかったんだが」

「それでも、嫌だなあ……」

俺はもともと、レインを一人前になるまで育てる、という目標で森を出たのだ。

結婚したら、それはちゃんと一人前であろう。世間一般からしても、俺達仙人の価値観からしても、そうおかしくないことである。

だが結婚したらさようなら、というのは確かに薄情かもしれない。俺としては月に一度くらい顔を出すつもりだったが。

「十年ぐらい先の話をして、暗くなってどうする。それに、もう一つ先に確認することがあるだろう」

「そうだよ、パパ」

呆れたブロワからの冷めた発言を聞いて、俺は確かにまったく聞いていなかったことを思い出した。自分の子供の名前である。

「そうだな……この子の名前を教えてくれ」

「うむ……私に似ているのでな、シロクロ・ファンと名付けた」

……こんな言い方はどうかと思うが、女の子の名前がファンってなんだろう。

シロクロ・ファンって響きはなんかいい感じだが、女の子らしくはない。

いや、それを言い出したらブロワとかシェットとかライヤとか、ちっとも可愛い要素がない。

俺はわりと適当に『女の子だからレインでいいだろ』とかで決めたのだが、レインはそれなりには可愛いと思うしなあ。

でもアルカナ王国的には普通の名前なのかもしれない。よく考えたら、お嬢様だってドゥーウェだし。

テンペラの里の連中は、もっとひどかったしなあ。

「素敵な名前だな」

俺は心にもないことを言った。だが正しいことをしたと、胸を張って言える。

「そうだろうそうだろう！　私が昔からずっと温めていた名前なんだ！」

「私もいいと思う！」

そうか、アルカナ王国的には『ファン』は女の子の名前なのか。

レインも喜んでいるし、そういうことなのだろうと、納得することにした。

感動的な一幕の中で、俺はファンと目が合っていた。

ブロワとレインが盛り上がっている一方で、俺と娘はただ平常である。もちろん今の娘はファンという名前をよく理解していないが、大きくなったらファンが女の子っぽい名前と認識するのだろうか。

この国で生まれてこの国で育つのだからそうなるのが自然だろう、多分お友達や周囲の人も同じような名前であろうし。国際結婚をした俺が、現地の文化に溶け込めていないだけだ。

「まあとにかく、俺はファンの父にもなった。これからも頑張るから、二人とも安心してくれ」

……いや、でもファンは男の子っぽいような気がする。

娘をファンと呼ぶことに慣れるまで、俺はけっこう時間がかかりそうだった。

というか、日本出身の切り札の面々からはそう思われそうである。

異なる文化を理解することは、なんとも難しい。

報告

ウィン家に居候中の俺は、つかの間の休暇を楽しんでいた。

剣の稽古はそこそこに、ファンやブロワ、レインと一緒に父親として過ごしている。

今は赤ん坊のファンを抱きかかえているのだが、一緒にいるレインが子供だったころを思い出す。

思えばレインも大きくなった。一年と少し離れている間に、また大きくなったと思う。ブロワだって初めて会った時より成長したし、今では立派なお母さんだ。

時が経つのは早いものだなあ、と感慨にふけってしまう。

「ねえパパ、ファンちゃんを抱っこするの上手だね」

「そりゃあ、まあ……お前を抱っこしていたからな。お世話とかは他の人にお願いしていたけど、抱っこするぐらいならできるぞ」

「……そっか、そうだよね」

父親である俺からすると、レインが俺に抱っこされていた覚えがない、ということが少し悲しくなる。

しかし自分でも言ったが、細かいお世話は他の人任せだった。むしろ時折抱っこする程度だ

ったので、覚えてもらってないのも仕方ない。

自分にそう言い聞かせて、悲しい気分を少しでも和らげようとする。

「ねえパパ……ブロワお姉ちゃんとの結婚式はいつするの?」

「そうだなあ……お嬢様の結婚式が終わったらだな……」

レインの質問には、俺もすぐ答えられた。これはちゃんと決まっていることで、俺でも変更の余地がない。

我ながら情けないことだが、俺の判断が及ばないことなら返事ができるものだ。

「そっかあ……ファンちゃんも一緒だよね?」

「ああ、たぶんな」

両親の結婚式に、娘が参加しないというのはおかしいだろう。いや、よく考えたら両親の結婚式に娘が参加するケースのほうが珍しいか。

一年以上も仕事で離れることが決まっていたのだから、結婚式前に娘をつくっても仕方ないが。

順番からいって、まずお嬢様が結婚して、俺やブロワはその後であるべきだ。それでお嬢様の結婚の許可をもらいに俺も同行していたわけで……。

日本人の感覚からすると、結婚式の前に娘がいるのは珍しいし、上司の結婚を待つというのもおかしい。だが、それは日本の話であるわけで。

五百年も経っているのに、根っこの価値観はそう変わらないらしい。

いやそもそも、アルカナ王国で暮らし始めたのは五年ぐらいだし、一年半ぐらい離れていたわけだけども。

「ねえパパ……マジャン王国でお嬢様はトオン様と素敵な結婚式をやったんだよね」

「ああ、素敵だったぞ。もちろんアルカナでも、同じぐらいの結婚式をやる予定だ」

「パパとブロワお姉ちゃんも？」

「……いや、さすがにその規模のは」

レインとしては、俺とブロワの結婚式も派手であってほしいらしい。

どの世界でも、素敵な結婚式は女の子の夢なのだろうか。

「ええ～～」

ものすごく残念そうなレインだが、その願いをかなえることはできない。

というか、たぶんレインの考えている素敵な結婚式と、俺の見たすごい結婚式はだいぶ違う。

「あのな、レイン……お嬢様の結婚式っていうのは、まず招待するお客様がすごいんだ。他にも、式場が広いとか演奏している人が多いとか……」

「……そうなの」

「そうそう……よく知らない人がたくさん来ても仕方ないだろう？」

聞きようによっては不敬な話だが、レインにはこれで通じると信じたい。

「そうだね、私達を祝ってくれる人を呼ぼうね！」

よし、通じた。不敬な言い回しをしたかいがあったというものだ。

「で、パパ。パパとブロワお姉ちゃんの結婚式ってどんな人が来るの？」

「……？」

考えたこともなかったので首を傾げた。

よく考えたら、俺の結婚式って誰を呼ぶのだろうか。まさか祭我やその周りの人を呼ぶわけにもいかないし。

「都合が合えば、とは思うんだが、先代様と当主様のどちらかはいらっしゃるんじゃないだろうか……？」

「なんで最初から自信がないの？」

レインが怒っているが俺の気持ちも考えてほしい。

確かにお父様やお兄様には、結婚式へ出席してほしい。ずいぶんお世話になっているし、ある意味仲人みたいなものだし。

だがお二人も忙しいだろう、俺の式に来てくれるかはわからない。

というか、俺の立ち位置がわからない。果たして俺は、どれぐらい偉くて、どれぐらいの人を呼んでいいのだろうか。

「あのな、レイン……先代様と当主様はお偉い人だ。俺の結婚式に呼んでいいのかわからないお二人はソペードでもっとも偉い人である。国家全体から見ても、国王陛下に次ぐ地位のお方だ。

いくら親しいとはいえ、結婚式に呼んでいいのかわからない。それこそお祝いのお手紙をお願いするぐらいがいいのではないか。

というよりも、あのお二人を呼ぶ結婚式となると、相当格式を上げないと失礼になる。場合によっては、結婚式にお金を使いすぎて破産という可能性もある。

いや、ないかもしれないけど、少なくともそうなりそうな気がする結婚式は嫌だった。

「というか……結婚式の参列者は、ほとんどブロワのお父さんが決めると思うぞ。俺が呼ぶのは、スイボク師匠と……俺の生徒ぐらいだな」

「……友達いないの？」

「結婚式に呼べるような友達はいないな」

「パパ……」

ものすごく悲しい目で俺を見てくるレイン。

だがしかし、この場にブロワがいても同じようなことになるだろう。だってブロワも、大して交友関係ないし。

「そんな目をしないでくれ。そもそも俺の剣の生徒だって、結構な数がいるんだから……」

「でもさあ、あんまり結婚式って感じがしない人達だし……」

俺は俺で不敬なことを言っていたが、娘はもっとひどいことを言っていた。

確かに生徒のみんなは、女の子の夢から遠い人達だけども、それでも結婚式に呼びたくないと言われるほどではない。

いや、言われるほどでもあるかもしれない。過去に何かをしていて、結婚式に不相応なのかもしれない。

いや、でも今の彼らはお兄様のお墨付き、彼らを疑うのはお兄様を疑うことでもある。

「でもなあレイン……他に呼べる人いないし……」

「それはひどくない？」

レインの気持ちもわかる。多分祭我とかハピネとか、パレットさんあたりを呼んでほしいのだろう。でもあの人達はめちゃくちゃ偉いし、そもそもソペードへ呼ぶわけにもいかないのだ。

あと、「ひどくない？」という言い方のほうがひどい。俺の心にひどい傷を負わせてくる。

「レイン、ブロワは当然のこと、俺だって貴族になる。だから家と家のこともあるわけだから、結婚式に呼ぶ相手を逆に選べないけども……招待した人が俺達の結婚を祝ってくれることが、一番大事なんじゃないか？」

「じゃあパパは結婚を祝ってくれる人がそんなにいないの？」

なんで娘と話していると心が痛むんだろう。忌憚《きたん》のない意見が、的確に急所へ入り込んでくる。

「うう……レインも大きくなったなあ……」

腕の中のファンを、強く抱きしめる俺。もしかしてファンもすぐに大きくなって、俺へダメ出しをしてくるのだろうか。

なるほど、父親にとっては娘が師匠、娘にとってよき父であるには、娘から学ばなければならないのだなあ。

なんでもかんでも言うことを聞くのがいいわけではない、しかし今回は自分の交流関係の少なさを省みることになったわけで……。

やはり父親としては、職場以外に友人を多く持つべきなのだろうか。いや、これに関しては父親だとか関係ない気もする。

「おい、サンスイ。お前にお客さんだぞ」

そんな話をしていると、ブロワが人を連れて入ってきた。

噂をすれば影が差すというが、まさにそれ。結婚式に招待する予定の、俺の剣の生徒達だった。

「お久しぶりです、サンスイさん。マジャンから帰って来たって聞いたんで、改めてお子さんのお祝いに来ました〜〜!」

宝貝の服を着ており、誰もが大柄で筋骨隆々。お世辞にも女の子の夢見る結婚式の招待客に相応しくない。

だがしかし、彼らを案内してきたブロワも、彼らを見たレインも、俺自身も、彼らへ嫌悪など抱くわけもない。

「みなさん、わざわざ来てくださってありがとうございます」

彼らは笑っているのだ。俺が幸せにしているところを見て、幸せになってくれている。

これが祝福であると、俺もレインもブロワも知っている。

俺達の結婚を祝福してくれる人が、たくさん来てくれる。ならば友人でも生徒でも、大男でも全然いい。

彼らが来て祝ってくれるのなら、それは素敵な結婚式だ。

×　×　×

ランプ、カーボ、ユエン、インク、ウォルナット。

お嬢様の護衛として同行してくれた組とは違い、このソペードに残って武芸指南役になってくれている人達。

彼ら五人はその一部で、他にも何組かに分かれていくつかの地で頑張っている。

言い方は悪いが、護衛などと違って時間の融通も利くらしい。ファンが生まれた時にもみんながが来てくれて、おめでとうと言ってくれたそうだ。

遠くに行っていた、生まれたことも聞いていなかった俺としては、本当にありがたいことだ。この世界でも出産は大変だろう。そんな時にたくさん祝ってくれたのなら、ブロワも心強かったはずだ。

「マジャンへの挨拶は、概ね良好でした。トオン様やスナエ様のお母上は、お二人にマジャンへ残っていただきたかったようなので、そこだけは残念なことになってしまいました」

「へえ……やっぱり」

「あんなできた息子、外国へ婿に出すのは惜しいでしょうねえ」

「ずいぶん遠いしな、そりゃあ普通だわな」

マジャンでの出来事をざっと話すと、誰も驚かなかった。

むしろ、スナエのことを無視してトオンだけ惜しんだのだと察していた。彼らの視点からしても、母親はトオンさえいればいいんだろうなあ、という感想は抱いてしまうのだろう。

聞くところによれば、スナエは本人から直接そう言われてしまったらしいし。

「それから、皆さんの同期、トオン様の部下となられた方々も、立派にお役目を果たされました。現地の精鋭とも交流し、とても歓迎されていましたよ」

「へえ……トオン様や先代様に恥をかかせなかったんなら何よりですねえ」

「皆さんはどうですか？　仕官先へ赴く前に、故郷へ帰られたそうですが……やはり歓迎されたのではありませんか?」

俺が言うと嫌味に聞こえるかもしれないが、お嬢様の護衛も各地の武芸指南役も、一般人では望めない大出世である。

それを成し遂げた彼らも、やはり故郷ですごい歓待を受けたのではないだろうか。

明るい話題を振ったつもりだったが、彼らはそろって苦笑いである。

「いえまあ……歓迎されたっちゃあ歓迎されたんですけどねえ……」

立身出世も、悪く言えば成り上がり。

それを成し遂げた彼らがどんな歓迎を受けたのか、俺は知ることになる。

第四章

回転する手のひら

出世

誰であれ、人生に一定の終わりをつけることはできる。

人間誰しも何かの山を登っているものであり、同じ山を登る者と肩を貸し合うこともあるし蹴落とし合うこともある。それは山の種類にもよるだろう。

領主、お貴族様の武芸指南役。それも、四大貴族ソペード家当主の推薦状付き。

武によって名を上げるものとしては、一つの到達地点と言っていいだろう。

もちろん上には上がいる。現在マジャンへ向かっている白黒山水は、かなり上位の爵位を得ており、本人がすでに貴族であると言える。瑞祭我に至っては、バトラブの次期当主。

この二人の出世具合に比べれば、大きく劣ることは否めない。

とはいえ、食うに困らないとか領地で大きい顔ができるとか、上に誰もいないという意味では地方領主の武芸指南役というのはいい仕事である。

己の技量を一定に保つという義務はあるが、それさえ怠らなければさして成果を求められることもなく、命の危機にさらされることもない。

なにせ、武芸指南役の成果とはつまり領主の技量向上である。他にもたくさん仕事のある地方領主が、わざわざしんどい思いをしたがることはないだろう。

ほどほどに鍛えて、運動をさせて褒めてやれば、それでいいというお仕事である。

加えて、その地方領主の武芸指南役とは、その地方で武人の頂点に立つ男である。道場でも開けば千客万来は間違いない。

とにかく美味しい仕事ではあるが、だからこそ競争も激しい。

その座を狙って賄賂《わいろ》を贈ったりコネを使ったり、と武芸以外でも競争が行われている。

頻繁に入れ替わりが起きるわけではないが、だからこそ苛烈な騒動が起きていると言っていい。

そこで、ソペード当主の推薦状である。

この男は武芸指南役にふさわしい技量の持ち主である、とのお墨付きである。

はっきり言って、地方領主本人よりも権威がある。なにがしかの問題が起きたとしてもソペード本家が保証をするということであり、なんの問題もないのに蹴落とそうものならソペード本家にケンカを売るようなものである。

つまり、これを持つ者は一生安泰。

生涯遊んで暮らせるほどの大金を得た、というのは誇張だが、武芸指南役という美味しい地位を一生独占できることを意味していた。

それこそ、仕えている地方領主側がお家騒動で壊滅したとしても、新しい領主に仕えることができるほどの権威である。

アルカナ王国が壊滅でもしない限り、この推薦状を持つ彼らはそれなり以上の暮らしが約束されているのだ。

「いやあ……なんか悪い気もするなあ」

「そう言うなよ、気が抜けるのもわかるけどな」

「すごいものを見すぎたからな……」

「本当に、夢みたいな話だ」

「まさか五体満足で故郷に帰って、錦を飾れるんだからな」

俺はとにかくビッグになって、グレイトな男になって、故郷の奴らを見返してやる！

という、まったく具体性も将来性もない考えを祭我も山水も正蔵も右京も、この世界に現れた当初は抱いていた。

しかし、それは特別でも異常でもない。確かに神から宝やら力やら推薦状やらをもらったので根拠はあったが、世の中にはそんな根拠が一切ないにもかかわらず自分はすごい男になってみせるという若者がたくさんいる。

山水に挑み、敗北し、指導を受けてそれなりの修羅場をくぐって、フウケイとスイボクの戦いを見た面々も同様である。

それなりに野心を持ってはいたが、本物中の本物を見て最強の何たるかを知って、彼らにとって代わろうとは思えなくなっていた。

とはいえ、それで武による立身出世を諦めたわけではない。

国一番になれないとわかった上で、それでも腐らずに頑張った彼らは、ついに武芸指南役の座を得たのである。

「希少魔法の武器を設えてもらって、支度金をたっぷりもらって、お貴族様の馬車に乗って故郷へ帰る、か」

「おいおい、何度目だよ」

「いいじゃねえか、実際うれしいしな」

「魔法の武具じゃなくて宝貝だが、どう違うのかもよくわからないしな」

「サンスイさんのところで指導を受けててよかったぜ」

スイボクが彼らのために作った宝貝は、軽装に見えて確かな性能があった。

見た目こそ豪華ではないが、王家の最精鋭である粛清隊や親衛隊の武装に勝るとも劣らない。

なによりも、箔付けとしてソペードお抱えの刺繍師が小さく家紋を刻んでおり、『山水』という漢字もそれに足される形で刺繍されていた。

石で作られた刀と脇差、莫邪《ばくや》と干将《かんしょう》。

木の皮で作られた腕輪、豪身帯と瞬身帯。

木を曲げて加工された車輪、風火輪。

石と草で編まれた服、大聖翁《だいせいおう》。

全部装備するとなんとも奇異な格好ではあるが、野趣あふれる武装のすべてがスイボクの仙気を千五百年吸った森の素材で作られた逸品である。

それらで武装した山水の卒業生が五人、故郷に向かう馬車に乗っている。

さすがにドゥーウェや山水が乗り込んでいる馬車には劣るが、それでもソペードの家紋が刻まれた馬車だった。平民出でしかない彼らが、護衛でも乗り込むなどあり得ないが、主な客として乗り込むのはさらにあり得なかったと言える。

「一門扱いとはいえ、俺達五人が全員まとめて武芸指南役っていうのも、悪くねえ話だよな」

「ああ、俺達がその地方の出身者だってのも大きいんだろうな」

「ソペード以外の出身者は、トオンさんの部下になるらしいな」

「そっちのほうが給料はいいらしいぞ。当たり前だけどな」

「今頃マジャンへの旅の空か……」

当然だが、すでに士官先の領主とは顔を合わせている。

よくも悪くも普通の貴族であり、待遇は五人まとめて今まで通りでいいと言われていることもあって、ソペード当主の推薦している五人を受け入れていた。

鶴の一声といえば聞こえは悪いが、実際のところ現役の武芸指南役は素行に問題があって代えたかったらしい。

とにかく、歓迎されているのはいいことだった。

「なあ、故郷に帰ったら家族になんて言うんだ?」

「おいおい、何度目だよ」

「いいじゃねえか、何度目でも」

「ウチは貧乏だったからなあ……っていうか村自体が貧乏だったからな。金貨を見せるだけで大喜びするだろうぜ」

「俺のところは家業を弟あたりが継いでいると思うから、そんなには反応しないと思うがなあ」

俺はこんなところで腐ってる男じゃない、と大して強くもないのに故郷を飛び出した男達である。

同じようになにか勘違いしている男達と戦って、幸運にも生き残ってきて、さらに幸運なことに山水の指導を受けることができて、さらにさらに幸運なことに武芸指南役の座を獲得した。

なるほど、結果だけ見れば故郷で腐らなかったことは正解だったと言えるだろう。

それが、どれだけ幸運が重なった結果だったとしても、挑戦して苦労して努力して勝ち取った座だった。

それを故郷に自慢しに帰る。興奮してしまうのも当然だろう。

嫌で嫌で仕方がなかった、退屈な故郷。先の見えない、貧乏な故郷。なにひとついい思い出のない、鬱屈とした故郷。

それでも、成功して帰るとなると相当の喜びがあった。ここで重要なのは、誰の目にも明らかで羨まれるほどに素晴らしい成功だということだった。なんの臆面もなく、大いに自慢できる。

「ウチの婆さんなんて、きっと泡を吹いておったまげるぜ！」

貧民街から出てきた若者、ランプ。

「俺の弟なんて、さぞ俺へ嫉妬するに違いねえ！」

豪商のドラ息子、ウォルナット。

「俺のことを下に見てた田舎のチンピラどもは、なんか勘違いして俺へ偉そうなことをほざくんだろうな」

中規模の都市出身、ユエン。

「故郷で厄介者扱いされてた俺が、英雄扱いだぜ！　世の中わからないもんだ」

田舎者、カーボ。

「親戚連中がすり寄ってくるな、絶対に！　はっはっは！」

友人を誘って故郷を捨てたインク。

人生の成功に酔いしれる彼らを、一体誰が咎められるだろう。

少なくともスイボクも山水も、その喜びを正当だと認めるに違いない。

彼らは実力で生き残り、実力を認められて地位を得たのだから。

回転

「……なんだこれ」

山水の生徒の一人、カーボ。

一旦領主に挨拶し、荷物を置いてから馬車を乗り継いで故郷に帰った彼は、自分の故郷である小さな町の入り口の前で絶句していた。

小さな町には手作りの装飾が満ちており、拙《つたな》い字で自分の名前が書かれていた。その上、飲めや歌えの大騒ぎが聞こえてくる。これが何を意味するのか彼にはわかるのだが、理解を拒絶したいところだった。

「いやいや、いやいやいやいや……」

確かに故郷の皆を驚かせるとは思っていた。

自分のことを厄介者扱いしていた連中を見返せると思っていた。いきなり女という女が自分に惚れ込んでくるとは思っていた。家族が喜ぶとは思っていた。親戚が増えるとは思っていた。

「……田舎だなあ」

そんな妄想が実現すると、ものすごく恥ずかしくなってしまった。

確かによくよく考えてみれば、この小さい町に限らず周辺の街単位で、脅威の大出世ではある。

ソペード本家令嬢の護衛を長年務め、さらに貴族へと出世した山水。あるいは四大貴族の次期当主になることが決まっている祭我と比べるとあまりにも些細だが、領主の武芸指南役に取り立てられるなど、祭りが開かれても不思議ではあるまい。

「領主様の館に戻ろうか……」

不思議ではないが、ものすごく恥ずかしい。

いくらなんでも喜びすぎではないだろうか。今まで見てきたものを思うと、自分の出身地がみっともない。

田舎を懐かしいと思っていた気持ちが吹き飛んでいた。たかが地方領主の武芸指南役になったぐらいで、一地方を挙げて大喜びされてはたまらない。

そう思って引き返そうとしたのだが、もう見つかってしまっていた。

「おい！　あいつが帰ってきたぞ！」

「おおっ、立派な格好をしやがって！」

果たして自分のことをきちんと知っているのだろうかという。顔の見覚えも曖昧な連中がカーボに気付いてお祭りの中心へ連れていく。

その流れに逆らうほどの気骨は、脱力しきっている彼にはなく、ただ引っ張られるままに連れていかれた。

「おおっ、我が町の誇らしい英雄の帰還だ！」

おそらく、現役の町長らしい男が自分に抱きついてきた。その他、町の有力者達が握手を求めてきたり、抱擁してきたりした。

いかにも田舎娘、という化粧を厚塗りした女達もめかし込んで並んでいる。

「お前は出世すると思っていたよ！」

「お前はこの町の誇りだ！」

「お前ならやると思っていた！」

「お前は何か成し遂げる男だと思っていたよ！」

カーボがこの田舎にいた時は蔑《さげす》んでいて、ここを去った時は清々していて、今回の報《しら》せが届くまでは忘れていた連中が、一切後ろめたく思わずに褒め称えてくる。

想像通りではあったが、想像をはるかに超えていた。あるいは、実際に歓待されると迫力がすごかった、というべきなのかもしれない。

「あ、ああ……」

衝撃的な歓待に、カーボは身動きが取れなかった。

なされるがままに、ただ抱擁されたり握手を返したりしていた。

「ああ……ありがとう」

昔の自分だったら、ふざけるんじゃねえと怒り出していたかもしれない。

実際今も、あまりにも露骨な反応にそういう反感を感じていないわけでもない。

しかし、皆が喜んでいるし、自分を褒めてくれている。これを無下《むげ》にするのもどうかなあ、と思う自分もいる。

「こんなに歓迎されるとは思っていなかったから驚いたが、嬉しいよ」

苦い顔をしながら、なんとか笑ってみせる。

尊敬している自分の師、山水を思い出しながら周りに同調してみせた。

ここで自分が短気や癇癪《かんしゃく》を起こせば、それだけで師の名誉が汚れる。ソペードの当主様にもご迷惑をかけることになる。その覚悟を持って、英雄ごっこをしていた。

「おお、息子よ！　こんなに立派になって！」

「お前ならやってくれると信じていたよ！」

自分のことを厄介者扱いしていた両親も、涙目で現れた。

しかし、いくらなんでも発言が白々しい。自分が品行方正な息子だと記憶を改竄《かいざん》しているのだろうかと疑うほどだった。

カーボは家の金を盗んで旅に出たので、親子の縁を切られても不思議ではなかったのだ。少なくとも、こんなふうに喜ぶのはおかしい。

しかし、それはこの両親が悪いわけではなく、全面的に自分が悪い。己の非を認めているカーボは、いろいろ発言を呑み込んで謝罪する。

「親父、おふくろ……め、迷惑をかけたな。これ、借りてた金だ。利子をつけてある」

「ああ、よしよし！　お前は最高だな！」

「孝行息子を持って、私は幸せもんだよ！」

自分が渡した金貨の詰まった袋を、両親は高速で懐に収める。

一秒もためらわず、周囲に見られてはかなわないと泥棒のように高速で隠していた。

カーボを見ている目が微妙に笑っていないので、人目のつかないところで渡せとでも思っているのだろう。まあその通りではある。

「これからは領主様のところで仕事をさせてもらうんで、家にも金を入れられるぞ」

「おお、さすがだな！」

「これで我が家も安泰ね！」

わあわあ、きゃあきゃあ、周囲の面々も大喜びしていた。まるで自分の懐にお金が入ったかのようである。

散々迷惑をかけた家族へ、仕送りをすることはやぶさかではなかった。しかし、さすがに町全体やその周辺にばらまけるほど高給ではない。

能天気というか、楽天的極まりない田舎の空気に耐えかねているカーボ。

なんか勘違いしているのではないかと不安になってしまう。

彼らは何かを期待しているようだが、それには沿えないと思うのだが。

「それで、その……お前はソペードの当主様から、推薦状を頂いているそうじゃないか！」

本来なら一生お目にかかれない、当主直筆の書類。カーボの父親は、それが見たいようだった。

この小さな町やその周辺では、地方領主でさえ雲の上の人なのに、ソペードの当主など神様みたいなものだろう。

その書類で御利益《ごりやく》を得られるのはカーボだけだが、拝むだけでも幸運が訪れるかもと期待しているのかもしれない。

「ああ、もらっているぞ。さすがに中身を見せることはできないけどな」

カーボは高価な布で厳重にくるまれていた封筒を見せる。

ある意味人の命よりも重い書類の入った封筒を見て、誰もが恐れて距離をとっていた。

大げさな反応ではない、この手紙になにかあれば打ち首にされても文句は言えないのだ。

「本当に……お前すごくなったんだな……」

町の有力者達も恐れ慄き、年寄りなど手を合わせていた。若者は近づこうとしないが、前の相手を乗り越えて目にしようとしていた。

カーボは周囲の反応を見て、自分がいかに場違いな環境に身を置いていたのか再確認する。

「そう、だな。ああ、すごいんだぞ」

切り札達とは比べものにならないものの、あり得ないほどの立身出世を達成している。

そのことを素直に認めた彼は、周囲からの視線を自然に受け止めていた。

「おおお……」

「すげえ……」

「かっこいい」

「これが本物か……」

成功者の余裕、といえばそれまでだった。

しかし、大げさに誇示せず泰然としている彼を見て、誰もが大げさに感動していた。

本人にしてみれば、まあ成功ではあるしすごいとは思うのだが、そんなに大喜びするほどでもなかった。

しかしそれがたいそうな憧れの対象として見られていた。

（他の連中は、どうなっているんだろうか……）

大げさにも思える反応は、普段山水やスイボクへ向けている自分達の反応にも重なるものがあった。

そう思いつつ、同僚となった同志達に思いを馳せる。果たして彼らのところでは、どんな大騒ぎになっているのだろうかと。

「なあ、俺も頑張れば領主様のお屋敷で仕事できるかな!?」

無邪気な子供が尋ねてくる。

大切な推薦状をしまいながら、彼はただ困った顔で残酷な真実を告げることしかできなかった。

「……多分、無理だと思うぞ」

「なんで⁉」

「俺の場合は、運がよかったというか、出会いがよかったというか……」

確かに頑張ったは頑張ったが、頑張ったぐらいでソペード当主から推薦状をもらえるわけもない。

運よく山水に巡り合い、彼の下で修行することができたからこそ、ソペードの当主の目に留まったのである。

そうでなければ、こんなにも出世できるわけがない。

「サンスイさんに弟子入りしていなかったら、こんな出世はできなかっただろうなあ……」

しみじみと、そう口にする。ただの事実であり、他に一切の理由は存在していない。

しかし、それは少々迂闊《うかつ》だった。

「じゃあ、サンスイって人を紹介してよ！」

「いや、あの人はもう忙しいから。それに今この国にいないし……」

「なんだよ、ずるいじゃん！」

ずるい、と言われればそうなのでなかなか反論できない。

無邪気な子供からの文句に返事ができずにいると、大慌てで周囲の大人が怒鳴りつけてきた。

「お前は黙ってろ！」

「へそを曲げたらどうするんだ！」

「すぐ黙らせろ！」

まるで貴族に粗相をしたかのように、子供は自分の親や周囲の大人から押さえ込まれていた。

焦る乞食はもらいが少ない、あるいは金を産むガチョウに逃げられては困る、そんな心境なのだろうか。

過剰反応ではあるが、それなりに正しかった。

（本当に、他の奴らはどうなってるんだろうか……）

逆転

ソペード領地の、ある地方の商家の話である。

その家は何代か続いている家であり、長男は家の金を持って出てしまったため父親と次男が支えていた。

そして、特段おかしなこともなく、たまたま家業が傾きつつあった。誰かがミスをしたわけではなく、一種の流れのように業績が悪化していった。

弱れば危うく思われるもの。

この家に金を貸していた者達は債権の回収を急ぎ、さあ返せと言い出していた。取引をしていた他の商家は別の取引先を探し始めていた。

別におかしいことではない。この家にしても他の商家が弱れば、同じ対応をしていただろう。

しかし、自分の家がそうなれば、これ以上悪化しないようにしなければならない。

父親と次男はなんとか持ち直そうと頑張っていた。借金を返済するために家財を売り払うこともあったし、苦しい中でもパーティーを開いて虚勢を張ろうとしていた。健在であることをアピールして、多くの家に新しい取引をお願いしようとしていた。

当然、楽ではない。しかし、ここで持ちこたえなければどうなるのか、父親も次男もよく知っていた。

それが、一気に解決する。

借金の返済を督促する声が収まり、それどころか新しく金を借りないかと言ってくる声が聞こえてきた。パーティーを開くから、出席してくれないかと頼む声が聞こえてきた。格上の商家から声がかかって、新しく大きい取引が始まろうとしていた。

父親と次男の努力が実ったわけではない。出ていったはずの長男が、その地方の領主の武芸指南役に任命されたのである。

その領主が指南役の実家を支援すると言ったわけではなく、その武芸指南役が自分の出世を喧伝《けんでん》したわけでもない。

長男の出世を知った周囲の者達が、自ら対応を変えただけなのだ。

つまり、父親と次男がどれだけ頑張っても挽回できなかった事態を、家を飛び出した長男は指一本動かさずに解決したのである。

それも、自分が解決したことさえ気付かぬままに。

「そうか……そんなに大変なことになってたのか」

山水の生徒の一人、ウォルナット。

けったいな格好をして帰ってきた長男は、自分の家が困窮していたことを知って難しい顔をしていた。

父親と母親、次男とその妻を前にして、家財の減った屋敷の大部屋で唸《うな》っていた。

「盗んだ金を返すぐらいのつもりだったんだが……さすがに足りないよなあ」

父親も母親も、次男もその妻も、使用人達も、ウォルナットのことをよく知っている。

だからこそ、困った顔をしている彼を見て逆に困っていた。

「……はっきり言うが、俺はあくまでも武芸指南役で、大して収入がない。それに五人が同列扱いだから、そんなに大したもんじゃないんだ」

家を出た長男が本当に出世して、それを地方領主から伝えられていた家族は、長男がどんな横柄な態度を取るのかと身構えていた。

というか、実際に長男のおかげでほぼすべての問題が既に解決していたので、へりくだる準備もしていた。

どんな暴言が飛び出てくるのか、と覚悟していた。それでも耐えるつもりだったのだ。

「例えば領主様に便宜を図ってくれとか言われても、それは無理だ。そんなに無理ができない」

なのに当のウォルナットは、話を途中まで聞いたところで、自分では大して力になれないと申し訳なさそうにしている。

本当に出世しているのに、身の丈をわきまえたようなことを言っている。おかしい、家族の知っているウォルナットは、こんな謙虚な男ではない。

「ソペードの当主様に顔が利くとか、そんなこともない。確かに何度か話をしたことはあるし、当主の妹君の護衛を務めたこともあるが、親しいとかそんなことはないんだ」

おかしい、ソペードの当主と直接話をしたことがあるというのは、もっと自慢になる話ではないだろうか。

少なくとも商家を仕切っている父親も次男も、地方領主とさえ話をしたことがない。

「俺の師匠であるサンスイさんも、御役目としてはすごい人なんだが、あくまでも武術の指導者であって、部下らしい人もいないし取引に口を出すような人でもない」

童顔の剣聖、白黒山水。

この国最強の剣士にして、ソペードの誇りとされる武の象徴である。

その人から剣を習っていたなら、もうちょっと誇らしいと思うべきではないだろうか。

「だから、悪いとは思うんだが……この家に貢献できることはないんだ。まあ縁談を受けるぐらいはいいんだが、武芸指南役って言っても週三ぐらいで領主とかその周辺の人に指導ごっこをするぐらいで、そんなに大したもんじゃないし、嫁に出したがる家がいるかどうか……」

言っていることは何も間違っていない、ウォルナットは自分を概ね正しく認識している。

もしもここで「俺はソペードの当主にも顔が利く」とか「領主に話をつけてやる」とか「俺の師匠に頼めば無理も通る」とか言い出したらそっちのほうが心配だった。

しかし、それを言いそうなのが、他でもないウォルナットだったはずだ。こんなわきまえた発言をする男ではなかったはずだ。

「……何があった」

「おい、第一声がそれってどういうことだよ」

父親の困惑も、仕方がないと言える。

しかし、ウォルナットは困惑していることのほうがわからなかった。てっきり失望していると思っていたのだ。

家が困窮している時に、長男が出世したと吉報があったのだ。長男に口利きしてもらって、一気に解決してもらおうと思うのが自然だと思っていたのだ。

それこそ藁にもすがるつもりで、下げたくもない相手に頭を下げてくると思ったのだ。

まさか、自分が武芸指南役になった、という情報が流れただけで何もかもが解決している、とは思っていなかった。

解決した後の事後報告だとは、夢にも思っていなかった。

「お前が、そんなに自分の立場や役割を正しく認識しているなど、あり得ない」

「さすがに傷つくんだが……いくら俺がサンスイさんに稽古つけてもらって、スイボクさんに武器作ってもらったからって、立場をわきまえて行動できない奴に当主様が推薦状なんて書いてくれるわけないだろう」

使用人達も全員現実を疑っていた。

確かに筋は通っているが、この男は本当にあの乱暴者なのだろうかと疑ってしまう。

「当主様と直接会ったことがなかったとしても、人柄について噂は聞いてるだろう？　実際厳しい御仁だぞ。無思慮な者を推薦するわけないだろ」

「確かにそう聞いているが……」

「そりゃあこの家を出た時の俺は、推薦状を頂けるような奴じゃなかった。だけどサンスイさんのところでみっちり鍛えてもらったからな。剣の腕だけじゃなくて、性根《しょうね》も一人前にしてもらったのさ。いやあ本当に、サンスイさんは大したお人だよ」

ここで、ようやく長男の顔が自慢げになった。

「俺だって昔は『童顔の剣聖』なんて嘘っぱちで大したことないと思ってたけどよ、これが本当に強いんだ。俺なんかとは器量が違う、強いだけじゃなくて優しいっていうか懐が深いっていうかな……とにかく尊敬できる人なんだぜ」

いよいよ一家は、困惑してしまった。

自己顕示欲の塊だったウォルナットが、自分以外の男を褒め称えていた。

「バトラブの切り札やってるサイガって奴も強くてさあ、神剣エッケザックスを持ってるんだけど、それがなくても強いんだよ。まああんまり言えないことも多いんだけどさ」

なにやらバトラブの次期当主の秘密らしきものも知っているようだった。

「カプトの切り札やってるショウゾウってのも半端じゃなくてさ。噂じゃあ雲をぶっ飛ばすほど強いって言うだろ？　これが本当なんだよ。あれが世界最強の魔法使いってのも納得だ、むしろあれより強いのがいたらびっくりするぜ。それに、王家の切り札だっていうお隣の国の新しい皇帝陛下も、すげー怖くてさあ」

世界の広さを知り、国家の頂点を知る彼は、自分などまるで大した者ではないと嬉しそうに語って聞かせる。

「まあ一番ぶっちぎりで半端じゃないのが、スイボクさんなんだけどな。ほら、俺が着てる服はその人が作ってくれたんだぜ。あ……でも売れないんだよ、悪いな……」

彼が実際どれだけ強くなったのか、どれだけ上層部の人間と付き合いがあるのか、この屋敷の者達にはわからない。

しかし彼の楽しそうな話を聞いているだけで、精神的成長は伝わってくる。以前のウォルナットを知っている面々は、驚愕を隠せなかった。

「あっ、自分のことばっかり話して悪かったな。家がつぶれそうな時に、自慢なんて聞きたくなかっただろ。とにかく……できないことが多いけどよ、力にはなるぜ」

驚愕はしても、悪い話ではない。家を出ていった長男が出世して、さらに立場をわきまえていて、雲の上の人間とも親交がある。

それは驚くことだが、何も悪いことではない。びっくりするほど、この家にとっていいことだった。

「ふざけるな！」

しかし、それに納得できないのも人間である。ウォルナットの弟は、話を遮るように激高していた。

「……は？」

いきなり激高した次男に、今度はウォルナットが驚いていた。彼の知る弟は、いきなり声を荒げる男ではなかったはずだった。

「兄さんが家の金を持ち出して消えて、僕達がどれだけ苦労したと思ってるんだ！」

「それは、まあ悪いと思ってるぜ？　だから盗んだ金も利子をつけて……」

「そんなことはどうでもいい！　もうどうでもいい！　兄さんの悪い噂のせいで、どれだけ世間から笑われたと思ってるんだ！」

その時長男の頭をよぎったのは、スイボクとフウケイの言い争いだった。

いいや、あれは言い争いの体をなしていなかった。

「……そうか、苦労させて悪かったな」

彼は素直に謝った。謝っても許されないことはわかっていたが、他にやるべきことが思いつかなかった。

そして実際、ウォルナットの弟は、彼を許さなかった。

「僕は兄さんが馬鹿をした分、真面目に地道に仕事をしてきた！　それなのに、なんで突拍子もなくこんなことになるんだ!?」

「は？」

「兄さんが武芸指南役になったってだけで、みんな眼の色を変えて好意的になった。どれだけ頭を下げても金をばらまいても、まるで相手にしてくれなかったのに、剣を振って遊んでばっかりだった兄さんのおかげで何もかも解決したんだぞ⁉　そんなのおかしいじゃないか！　真面目に頑張った僕が馬鹿みたいじゃないか！」

長男は、自分の父親を見る。

父親に無言で肯定されて、長男は弟の憤りをようやく理解していた。

「……」

「僕も父さんも、家を守るために必死だったんだ！　真面目に、地道に、コツコツ信頼を重ねてきたつもりなのに！」

「そんなことは、周囲も知ってるはずだ」

ウォルナットは弟が怒っている理由を理解し、慰めるように弟を褒めた。かえって怒らせると察していたが、そうせずにいられなかった。

「俺が出世しても、お前や親父がダメだったら、それこそ見向きもされなかったさ。俺が出世したことなんて、風向きが変わった程度のことだろうよ」

改めて、誰もが驚く。

次男の憤りは極めて理不尽だった。少なくとも、長男はこの家に極めて貢献している。それは今までの失点を取り返すほどだった。

にもかかわらず、次男は役に立っていることを怒っていた。それなら、長男は正当に怒り返すかへそを曲げるべきである。

にもかかわらず、むしろ弟の憤りを肯定していた。

「今まで迷惑かけられた分、利用するだけ利用してやろうとか、そういう方向で考えればいいだろ」

「……」

「お前が怒るのもわかるけどよ、俺に怒鳴りつけたって親父も母さんもお前の嫁さんも困ってるじゃねえか」

「……」

「そういうのは、こう、二人で酒でも飲みながらだな……」

苦笑しながら理解を示し、自分への罵倒を受け流す。

言葉遣いはともかく、大人だった。普通に大人の対応だった。

しかし、ウォルナットは既に知っている。こうした対応も、怒っている相手には火に油を注ぐことになるだけだと。

「……ふざけやがって！」

席を立つ次男、その後を追う次男の嫁。

跡取りを追いたい一方で、長男を放置もできない両親は戸惑うばかりだった。

「まあ、こんなもんだよな」

もうちょっと、穏やかであってほしかった。

すべての問題が解決したとしても、過去の行状のすべてが流されたとしても、心のしこりは消えないと再認識して、ウォルナットは嘆いていた。

反転

サンスイの生徒、ユエン。彼の故郷は、ソペードの比較的大きい町である。

田舎と違って大きい町では、新しい武芸指南役が己の町の出身者から出ても、大きな騒ぎにはならない。そんなことがあったと噂になる程度だった。

これが貴族にでもなっていれば話は別だったかもしれないが、平民のままならば大げさな祭りなどが起きることはなかった。

それを寂しく思ったユエンは、自分で『お祭り』をすることにした。行きつけだった酒場に友人を集め、宴会を催したのである。

「今までのツケと今日の分だ、釣りはいらねえぞ。店の中の野郎ども、今日は俺のおごりだ！俺の出世を祝ってくれ！」

行きつけだった酒場に仲間を集め、一度言ってみたいセリフを言えてご満悦なユエン。

場末の酒場で騒ぐ程度なら、驕っても大した額にはならない。だが自分が御大尽になったことを、実感することはできる。

実際、タダ酒を飲んで楽しんでいる連中を見ているだけで笑いが止まらなかった。

「おいおいユエン、お前は飲まねえのかよ。お前らしくもない、なんでも頼んでいいんだぞ？」

諦めていたツケが倍ぐらいになって返ってきた酒場の店長は、自分では酒を飲まないユエンに酒を勧めていた。

今までなら『本当に払えるんだろうな』という厳しい目をしていたが、酒場の樽をカラにしてもお釣りが残るほどの金を前払いで受け取っているので、ひたすら上機嫌である。

「ああ、まあな」

しかし、ユエンはそれを断っていた。自分の出世を祝ってほしい一方で、それを喜ぶ輩ばかりではないこともわかりきっていたのだ。

祭を催しつつ、警戒していたのである。少なくともこの酒場では、一滴も酒を飲む気はなかった。

「おっ、今日は貸し切りらしいな」

「俺達に出す酒はないってか!?」

その警戒は間違っておらず、数人の血気盛んな男達が入ってきた。

彼がこの町にいた頃に敵対していた、組織とも言えない男の集まりである。当然、この無礼講の飲み会に参加するつもりではなさそうな雰囲気である。

「おお、お前らか」

タダ酒を楽しんでいた面々が凍り付く中、主催者であるユエンだけは喜びながら迎えていた。

傍から見れば、分不相応の出世で能天気になっている馬鹿にしか見えまい。

「知ってるかどうかわからないが、俺は今回大出世してな。今日はみんなに祝ってもらっている。お前らとは昔いろいろあったが、今はもういい思い出だ。よければお前達も一緒に飲んで騒いでくれ」

とはいえ、今の時点で彼が一滴の酒も飲んでいないことが、彼の心中を表していた。

「ああ、話には聞いたぜ。お前、うまくやったなあ」

「ソペードの当主様に気に入られて、領主の武芸指南役だってな」

「羨ましいねえ……」

彼らは手に武器を持っており、何をしようとしているのかわかりきっていた。

店主は店を荒らされることを危惧《きぐ》しているが、既に臨戦態勢となっている相手に身動きが取れない。

「いやあ、お前なんかでも務まるんだから楽なもんだな」

「偉い人に気に入られるってのはいいもんだな」

「責任重大だな、俺達が代わってやろうか？」

彼らの言っていることが、どこまで本気なのかわからない。

しかし、その殺気からするに成功している彼を暴行しようとしていることは明らかだった。

それこそ、仙人ではなくても子供でもわかることだった。

「羨ましいか？」

カウンター席に座っていたユエンは立ち上がった。不敵に笑い、穏やかに挑発していた。

「そうかそうか、お前らに羨ましがられるのは嬉しいな」

成功者の余裕、では説明がつかない雰囲気を持っていた。それは明らかに、強者の風格を漂わせていた。

「気にするな、今日は無礼講だ。飲めや歌えや騒げや……好きにすればいい」

当然、なんの勝算もない、というわけではない。

酒を断っていたこともそうであるが、宝貝を装備している。おかげで珍奇扱いされているが、襲われてもなんの問題もない。

むしろ、酒の席で無防備な相手を襲うつもりだった彼らのほうが、よほど準備が足りないと言えた。

「そうかそうか、就任前に怪我で引退したいのか」

「そういうことなら、手伝ってやるぜ」

「やっちまえ！」

剣を抜いて酒場に入ってきた男達に対して、彼は腰の剣を鞘に収めたままだった。

それを見ただけで、酒場の誰もが彼の凄惨な結末を想像していた。

「……殺気立って、いきり立って、狭い店内を集団で真正面から襲いかかってくる」

それでも、事前に想定していた彼の心は揺るがない。鞘に剣が収まったままでも、既に準備は終えていた。

刀ではなくそれよりも短い脇差に手を伸ばし、瞬身帯による自己強化を準備しながら、しかし静かに歩みを進める。

口調は余裕を保っているが、目は極めて真剣だった。慎重に間合いを計り、機を我が物にしようとする。

「そんな身の程知らずを制し、鮮やかに勝って『見せる』。これも見栄ってやつなのかねえ」

馬鹿にしているのだろうか、と思うほどにわかりやすく上段から振り下ろしてくる男達。

瞬身帯で強化し、高速で踏み込みつつ、脇差を抜刀する。体重を込めずに速く切り抜いて、そのまま通り過ぎる。

一人だけではない、全員の隙間を縫うように切り抜いていった。

「ソペードは武門の名家、今の俺はその当主様からお墨付きの武人」

刀よりも短い脇差、その使い勝手のよさを確認しつつ血振りして、鞘に収め直す。

鉄ではなく石でできた脇差は、僅かな血を地面に散らせていた。

「挑んできたなら首一つもらってもおかしくはないが、今日は無礼講だ」

おお、尊敬する師匠そっくりだ。酒ではなく自分に酔いながら、言ってみたいセリフを最後まで言ってみる。

「酒場の冗談ってことで、人差し指の一本で勘弁してやろう」

酒場の床を赤い血が染めていた。

襲いかかってきた三人の男達、その手から血が滴り落ちている。

乱入者達の指が、一本ずつ落とされていた。恐ろしいことに、指以外のどこも傷つけることはなかった。

「……っ！」

「あっ……！」

「つっうう！」

力仕事をしていれば、指の一本が落ちることもよくある。戦闘中にそれが起きても、別段不思議ではない。

しかし、それが狙って行われたとしたら、尋常ではないことも確かだった。

「で、続けるならそれこそ首を落とすぞ。それはお互い嫌じゃないか？」

指を切られた男達は、歯を食いしばって痛みをこらえていた。だがしかし、それが彼らの限界だった。

意地もあって手を押さえているだけで、目は完全に怯えていた。強くなっている、という言葉では正しく伝わりきらないユエンの技に、乱入者達は恐怖を感じていた。

そんな彼らを見て、ユエンは満足していた。山水のようにふるまうことができ、山水のように畏怖されている。その達成感に酔いしれていた。

嫌らしい勝ち方をしてしまったと自嘲しつつ、ユエンは不敵に振る舞う。

「今なら法術使いのところへ行けば、指もつながるんじゃないか？」

本当に首が落とされることを危惧したのか、相手が悪いと思ったのか、三人の男は自分の指を拾って去っていく。

元よりただの嫌がらせ、出世を妬んだ腹いせでここに来たのだ。その程度のことで、自分の首どころか、指一本だって失いたくなかったのだろう。

「ふん……あいつらも変わらねえなあ」

この場に同門がいたら、茶番、と罵られても仕方がないと思いつつ、周囲からの畏怖を感じ取りながら満悦の表情を隠して、ユエンは再度カウンター席に座ってみせる。

おお、という感嘆の声が聞こえてきた。

今の今まで、ただのタダ酒飲み会だった祝の席が、一気に彼へ注目が集まる。

「すげえ……」

「はんぱじゃねえ……」

「すぱっと、指だけ切り落としたのか!?」

「信じられねえ」

誰かを傷つけておいて、自慢げにするなど修行が足りない、と師匠なら言いそうなところだが、まあこれぐらいはいいだろう。

こういうさりげないところがかっこいいとは思っていたのだが、実際やってみると楽しい。

誇示することなく、周囲から尊敬されるというのは本当に優越感が感じられる。

そんなユエンを、酒場の誰もが羨望の目で見ていた。

今回酒をおごっている男が、本当に武芸指南役という職業に就いたのだと皆が実感していた。

つい数年前まで自分達に交じっていた男が、立身出世を果たしたのだと理解していた。

「なあ……その剣を見せてくれよ」

そのうちの一人が、ユエンの持つ武器に興味を持った。

ユエンは特にためらうことなく、己の刀と脇差を見せてやる。

「ああ、いいぞ」

干将も莫邪も、お世辞にも見目がいいとは言えない。そのため先ほどまでは、出世したのにみっともない武器を使っているな、とさえ思われていた。

だが実際にユエンがその武器を使うところを見れば、その素朴さも神秘性に変わる。誰もが興味を持ち、確かめはじめた。

多くの古い友人達が、回し回しで石の刀や脇差を触っている。その表情は真剣そのもの、まるで宝石でも触るようだった。

自分のために作られた二本の武器。それを皆に見せるのはなんとも気分がいい。ユエンは楽しそうにそれを見ている。

「すげえ……これで、あんなすごいことができるのか」

とはいえ、これにも懸念がないわけではない。

サンスイは昔の自分を思い出しながら、昔の自分と大差ないサイガへ説教をすることがあった。

同様に、ユエンにも残念な想像はできる。昔の自分と大差のないまま、成長をしていない友人が、何か馬鹿な真似をしてしまうのではないかと危惧していた。

「……なあ、お前どうしてこんな剣をもらえたんだ？」

刀を手にした友人の一人が、酔った顔のままでそんなことを言う。

「ソペードの切り札、童顔の剣聖シロクロ・サンスイに弟子入りした。そこで一生懸命稽古して、腕前を認められたのさ。その剣、刀と脇差は卒業祝いとしてサンスイさんの師匠であるスイボクさんが作ってくれたもんだ。俺だけじゃない、サンスイさんの弟子になって腕を認められた奴はみんなもらってる」

ユエンは得意げに語るふりをしながら、彼がこれから何を言うのかを察していた。

雄弁に語りつつ、しかし悲しい気分にも浸る。

「じゃあ、俺も弟子になればもらえるのか？」

「もう無理だな、サンスイさんは貴族になってるから、正規軍や既に弟子入りしている連中以外には指導しない。それに、今は遠い外国へ行っているよ」

怪しい雰囲気が、沈黙が、場を支配していた。

「そうか……」

「そうだ」

「ずるいぜ」

ああ、勘違いしている。

「こんなすごい武器をもらえるんだもんな」

「ああ、すごいだろ？　俺用だぞ、俺用、俺専用」

「……お前さ、これまでだっていい思いしてたんだろ？」

「ああ、その通りだ。雲の上の人だと思ってた人達にたくさん会えたしな」

勘違いしていない面もある。

「ずるいだろ、少し前まで俺達と一緒に馬鹿してたのによ」

「ああ、人生わかんないもんだな」

「じゃあさ、この剣を俺にくれよ」

「はっはっは！　ダメに決まってるだろ」

周囲からの視線が、微妙に変わってきた。

これは、祝福ではなく嫉妬だった。さっきの乱入者と変わらない、妬《ねた》み嫉《そね》みだった。

「いいだろ、今までいい思いをしてたんだから」

だがそれも無理はない、この町にいるユエンの仲間も敵対者も、どちらも程度が同じなのだ。

ユエンと親しいかどうかだけが違いであって、将来を想像できない小物である。

今日は楽しい、明日も楽しい。でも、先は見えない。先は暗い。ユエンの友人達は、ほとんどがそうだった。

そして、今はユエンにだけ明るい未来がある。それが、とても妬ましかった。

「おいおい、無理言うなよ。俺はまだまだこれからだぜ？　爺さんになった後なら、まあいいかもな」

「そんなこと言うなよ、俺だっていい思いがしたいんだよ」

勘違いしている友人の目は、彼にとって理想の未来だけを映していた。

ユエンにとって代わって、その座を得る。輝かしい未来を、己のものにする。

妄想でしかないのだが、そんな妄想を抱きたくなる気持ちもわかる。わかってしまう。

「な、友達だろ？」

「友達だから、酒をおごってるだろ？」

酒の勢いもあるのだろうか、友人が持っていたユエンの刀は、持ち主へ向けられていた。

「なあ、くれよ」

「……なあ、その剣、刀をもらってどうするんだ？　まさか、それがあればお前も領主様に雇ってもらえるとでも思っているのか？」

「違うのかよ、俺とそんなに変わらないお前だって、これがあるからそんなすげえ仕事に就けるんだろ？」

「いやいや、推薦状ももらってるから。ほら、ソペードの当主様直筆のサイン」

あえて、その勘違いを正さずに話を進める。

「じゃあそれもくれよ」

「いやいや、これ俺の名前が書いてあるし。それに俺はもう領主様に挨拶してるし」

「じゃあ代わってくれよ！　これがあればなれるんだろ!?」

「馬鹿言うなよ、お前に武芸指南役なんてできるわけないだろう？　お前、剣も刀も使ったことないだろうが」

「それは、お前も同じようなもんだろうが！」

ユエンの友人達は、勘違いしている。先ほどの戦いを、武器の恩恵だと勘違いしている。

まあその気持ちもわかるし、半分ぐらいは正解である。

だがユエンは、目の前の彼と『同じようなもん』などではない。彼はこの町にいた頃から、自分なりに剣の稽古をしていた。そうでなければ、数年程度の訓練期間で強くなれるわけがない。

この街にいた頃からしていた自分の努力を、この町の友人が知らない。仕方ないことではあるが、微妙に悲しい気もする。

「おかしいだろ、お前ができて俺ができないなんて！」

「酔いすぎだって、その刀はただよく切れるだけだ。持ってるからって、剣技がすごくなるわけじゃないだろう？」

ユエンがそんなにすごいわけがない。自分とそんなに違うわけがない。だから、こいつにできて自分にできないわけがない。

昔の自分だったら、きっとそう思ってた。相手の表面と上っ面だけ見て、上澄みだけを見て勘違いをしていただろう。だからこの友人が、特別おかしいわけでもない。

「ほら、返せよ。それは俺がスイボクさんからもらった武器なんだ、カネに換えられない宝物なんだよ。友達の宝物を、取るんじゃねえよ」

「お前なんて……お前なんて！」

恩恵を独占しているお前なんて。

「お前なんて、友達じゃねえよ！」

そんなヤツは、敵だ。

「ひどいこと言うなよ、傷つくだろ」

剣を振りかぶった一瞬、相手の視界が腕と刀で塞がる。

その一瞬で間合いを詰めて、そこらの机にのっていたフォークを相手の喉元につきつけていた。

今度こそ、一切宝貝を使っていない。

「酒の席の冗談だからって、笑えないのは勘弁だ」

「ま、待ってくれ」

「俺達、友達だろ？」

「あ、ああ……友達だ、友達だ」

変わったのは自分で、変わらないのは友人で。

悪いのは友人で、昔の自分も悪い奴だった。

頭が悪くて、他人の成果を羨んでいる男だった。

剣を振る努力をしていたが、その程度の自慢しかない小さい男だった。

それから変化できたことを、喜ぶべきなのか悲しむべきなのか。

「じゃあそれを返してくれ。俺の『命』と同じぐらい大事なんだ。命は大事だろ？」

その場の全員が、喉元に刃物をつきつけられているように硬直していた。

ここでようやく、目の前の彼が自分達の知っている男ではなくなっていると、戦慄とともに認識していた。

「ああっ、返す、返すよ！」

「そんなに怯えるなって、酒の席の冗談じゃないか」

一つよかったことがあるとすれば、『昔の友人』を傷つけずに収められるほど強くなっていることぐらいだろう。

「笑えなかったかもしれないけどな」

悪転

無謀に任せて故郷を飛び出した若者、インク。

人生のあがり、と言っていい職を得ることができた彼ではあるが、故郷を飛び出した者全員がその幸運を得られたわけではない。

サンスイに会うまで死ななかったこと自体が、インクにとっての幸運だった。彼にも同郷の友人がいたのだが、サンスイに出会う前に死んでいた。

別にインクが何かしたわけではない、友人自身が危険な行動をした結果だった。

「アンタが武芸指南役とはね」

狭く汚い部屋の中で、ベッドの上で横になっている女性がいた。死んだインクの友人、その母親である。

「で、アタシの息子はどうしたんだい？」

「ずいぶん前に死んだよ」

不機嫌そうな女性に、彼は静かに答える。

覚悟していた、というよりは諦めている彼女に、彼は金貨の入った袋と果実を切ったものを渡そうとしていた。

「見舞いの果物と、カネかい」

「あいつは……どこまで本気か知らないが、アンタの病気を治せるだけのカネを稼いでみせると言っていた。今渡したカネは、その分だと思ってくれ。あとその果物は、万病に効く薬らしい。まあ、信じなくてもいいけどな」

友人の母親は、それなりのカネがなければ治せない病気を患っていた。

そのカネも、立場次第では簡単に稼ぐことができる。

その立場になることができたインクは、そのカネとどんなにカネを積んでも買えないはずの果実の一部を見舞いに持ってきていた。

「これで、息子をそそのかしたのをチャラにしろってかい？」

「……別に、そういうわけじゃない。けじめ、みたいなもんだ」

豪華すぎる見舞いの品だが、なんの慰めにもならなかった。わかりきっていたことだが、死んだ息子の代わりにはならないらしい。

「このカネで、殺し屋を雇うかもしれないよ」

「そのカネで雇える程度の輩なら、問題なく返り討ちだ。カネを無駄にしたいなら、そうしてくれ」

友人の母親は、当然のようにインクを呪っていた。インクが成功していることよりも、インクが生きていること自体が呪わしいようである。

その呪いを聞き流しながら、インクは部屋を出た。

「まあ……これで大喜びするほうがどうかしているよな」

わざわざ故郷に戻ってきて、大金と見舞いの品を渡したのに、呪われた。にもかかわらず、インクは安堵さえしていた。

案外死んだ友人も、成功している自分を呪っているかもしれない。

呪われたぐらいで死ぬつもりはない。死んだ友人に対してはそれなりに義理も感じているが、さすがに殺されるほどに申し訳ない気持ちになっているわけではない。

友人も自分も、ただ強く偉くなりたかった。双方に大差があったとは思えない、自分が死ぬべきだったなんて毛ほども思っていない。

だが、友情がなかったわけではない。彼の母親へ死を報告することや、彼の代わりに見舞いをしたいと思う程度には、死んだ友人のことを大事だと思っていた。

「さあて……もうやることがなくなっちまったな」

小さくて汚い家を出て、インクは故郷の街をぶらつく。野趣あふれる宝貝の服を着ていたため、インクはとても目立っていた。

「なんだあいつ、変な格好をしてるぞ……ん？　あいつはインクか？」

「あの服や武器は希少魔法の武具なのか？」

「この街を出た後ソペードの当主様に気に入られて、出世したって話……本当だったのか」

なんであの野郎がと、自分も旅に出ていればと、男達が視線を向けてくる。

なんであの男がと、媚《こび》を売っておけばよかったと、女達が視線を向けてくる。

悪くない。己の師匠も、誰かを傷つけたわけでもないので許してくれるだろう。

それに、ソペードの当主からも、この格好をするように言われている。

山水が未だに着流しに草履であるように、サンスイの指導を受けた面々も宝貝を常に着るように、周囲へ隠さないように命じられている。

「しかし、考えてみれば……」

ソペードの当主から直接命じられている、というのは大概ではないだろうか。

この国で二番目に高い地位にいるお方であり、このソペード領地では王様みたいなもんである。

王様から直接、ああしろこうしろと命じられている。なんとも無茶な話だった。

もちろん、この命令、指示にも相応の恐ろしい付け足しがあるのだが。

「おい、久しぶりだな」

「ああ、お前か」

世界の中心になったような錯覚を味わいながら町を歩いていると、背後から旧友が声をかけてきた。

その顔はとても親しげで、笑顔だった。笑顔というのは不思議なもので、大して懐かしくない相手でも嬉しくなってしまう。

「聞いたぜ、大出世したってな！」

「ああ、この通りだ」

「そうかそうか、噂は本当だったか」

級友は心底嬉しそうに、インクと肩を組んでくる。

その気安い距離を受け入れながら、彼も肩を組み返す。

「よっしゃあ、俺が酒をおごってやるよ。王都の話を聞かせてくれや」

「おいおい……いいんだな？　よっぽどの酒じゃねえと俺は飲まねえぜ。舌が肥えちまった」

「いい酒を出す店があるんだ！　期待していいんだぜ？」

周囲の目がさらにきつくなっていた。

当然だ。ただ金持ちになったわけではない、ただ帰ってきたわけではない、公的な名誉を得て帰ってきたのだ。

成功した男と、その友人を見る目は険しいものだった。

あいつらなんて、不幸になってしまえ。

そうした暗い願望を抱いている者も少なくなかった。

×　×　×

「隠れた名店ってやつなんだぜ？　ここいらじゃあ、知る人ぞ知る美味い酒が揃っているのさ」

インクが案内されたのは、入り口が地下にある座席数の少ない店だった。

ふかふかのソファーの前に小さいテーブルがあり、そこにはいくつもの酒が並んでいる。

純粋に酒を楽しむ店、には見えなかった。いかがわしいお店、という感じである。

「そうかそうか、よくこんな店知ってるな」

「お前も出世したらしいが、俺は俺でこの町で儲けてるのさ。この店のことも上司に教えてもらったんだぜ」

得意そうな旧友は、ガラスのコップに入った酒を勧めてくる。

「どうよ、一献」

酒特有の匂いに対して、彼は静かに目を閉じていた。

「悪いが、この酒は飲めないな」

「……おいおい、なんでそんなこと言うんだよ。いくら舌が肥えているからって、一滴も飲まなかったら味なんてわからねえだろ」

「じゃあお前が全部飲めよ」

目を閉じている彼にはなにも見えないが、それでも旧友の顔が硬直していることはわかった。

「ああ、先に言っておくが……逆切れはよせよ。疑われるのが嫌なら、酒を飲むんじゃなくてお前の今の仕事を教えてくれよ」

　インクは呆れていた。地下にあるお店に入ろう、と言われた時からとんでもなくがっかりしていた。

　誰がどう考えてもいかがわしい店だった。なにかの仕掛けがあると思って当然である。騙すにしても、もうちょっと知恵を使ってほしかった。

　これでは、騙されてやることもできない。

「この酒に何も入ってなくても、仕事のわからない奴のおごる酒を飲むわけにはいかねえな」

　旧友は目を白黒させていた。おかしい、考えられない、という顔だった。

　そんな旧友の顔を見て、インクはますます残念に思った。

「程度はともかく、領主に雇われた俺を利用するつもりだとは思っていたが、こういう『お店』に連れ込まれた時点で、ろくでもないってのはわかりきってるな」

「な、なんだよその言い方は……俺が後ろ暗い仕事をしているって、勝手に決めつけるのかよ」

「じゃあ仕事はいいから財布見せろよ。中身、ほらすぐ」

　奢ると言っている相手に、財布を見せろという。それが友人なら、さほどおかしいことではない。散々飲み食いしたあげく、会計を押し付けられるかもしれないからだ。

「……」

「お前、出世してないだろ。頭も舌も回ってない、俺のダチだってだけで今回いろいろ言われた。

腰に下げていた刀も脇差も、ソファーの脇に置いてある。すぐにでも抜けるようにしてあったんだろ？」

「い、インク！　出世したからって勘違いしてるんじゃねえだろうなあ！」

その上でインクは、仙人でなくてもわかることに備えていた。

「勘違いしてるのは、お前だ。すっこんでろ」

どう見ても裏社会の人間が、武装した上で数人入ってきた。

それを見て、旧友は頭を下げてそのまま逃げていく。

「さてと……だいぶ前から気付いてたみたいだが、話を聞く気はあるってことかい」

「聞くだけならな」

「いいねえ、話が早い」

旧友が座っていた席に、その男が座り込む。なんともいやらしい、値踏みするような目で笑っていた。

「で、景気はどうだい。新しい武芸指南役殿」

「そうだな……幸せだな。安い言い方だが」

「ああ、安い、安いのさ」

男のいやらしい笑いに向き合うことなく、インクは無表情で酒を眺めていた。

旧友が注いだ酒を、無表情で眺めていた。

「その調子だと知ってるみたいだな、武芸指南役ってのは給料が安いのさ」

裏社会の男の言葉は、それなりに正しい。

山水のように王家だとか四大貴族だとかに直接雇用され、さらに兵士や士官にまで指導を行うともなれば高給だ。だが地方の領主に指導する程度では、大した儲けにはならない。

「そりゃあそうだよな、もともと武芸指南役ってのは名誉職だ。軍を退役した爺さんが、へっぴり腰の貴族を褒めるのが仕事、みたいなもんだからな」

言い方はかなり悪いが、仕事の内容も報酬も、正しく認識している。

武芸指南役には十分な報酬が与えられるが、それでも遊んで暮らすには足りないのだ。

「だが、看板は立派だ。その看板だけで大金が転がり込んでくる」

「道場でも開くのか？」

「馬鹿言うな、貧乏人を集めてもたかが知れてるだろう？　領主と商談したがってる商家どもと密談するのさ、『私に少々の紹介料をいただければ、領主のパーティーに参加できますよ、ただし他の人よりも多ければですがね』ってな」

要するに、詐欺である。やるほうも大概であるが、引っかかるほうも大概である。

だが常套《じょうとう》手段の一つであり、それだけ引っかかる輩が多いということだろう。

「おっ、こんな計画がうまくいくもんか、ってか？　そんなことはない、前の武芸指南役も同じことをやってたんだからな」

前任者に問題があった、というのはそういうことだ。

前の奴も犯罪をしていたので、今やっても成功する、と思っているのが彼らの人間性を表している。

普通、前任者の犯罪が露見したのだから、自分はやめようと思うものだ。しかし、自分だけは失敗しないと思う者はとても多いのだ。

あるいは、インク達が解雇されても自分が損をするわけではないし、と思っているのかもしれない。

「かっこいいからなあ、武芸指南役ってのは。だから向こうのほうからどんどん話が来るんだぜ？　むしろ整理してやるのさ、順番が少し変わるだけだろう？」

「一応言っておくが、俺はソペードの当主様から前の奴が何をやっていたのか聞かされてる」

「なに、気にすることはない。黙ってればバレやしねえさ」

インクがここにいる時点で、裏社会の人間達は乗ってくると思い込んでいた。

だからインクが何を言っても、渋ることで交渉しようとしているのだと勘違いしていた。

「その上、俺の師匠……剣を教えてくれた御仁は嘘を見抜くのが上手でね。仮に俺がそんなことをすれば、責任を取るために殺しに来るだろう。だから、ダメってことだ」

「おいおい、あの童顔の剣聖とか言われてる奴のことか？」

彼は、想定していた言葉を聞いて目を閉じていた。

「そんな見栄を張らなくてもいい、どうせ嘘なんだろ？　ソペードの切り札とか言われてるが、噂半分だってそんなコトできる奴がいるわけがねえ」

仕方がない、サンスイのやったことはどれもが目を疑うものだったのだから。

噂で聞いただけなら、信じなくても仕方がない。

「本物がいるのかだって疑わしい。で、どうなんだいそのあたりは」

わかりきっている、直接見なければ信じられまい。だが、だとしても……。

「アンタは知ってるんだろう？　シロクロ・サンスイとかいう詐欺師の正体を」

師を侮辱されて黙っていられるほど、インクは人間ができていない。

「詐欺かどうか、試してみるか？」

怒りをにじませながら、彼はすぐ脇に置いている刀に手を伸ばしていた。

それが交渉の決裂を意味することは、あまりにも明白だった。

「おっと、怒らせちまったか？」

しかし、そんなことに動じる裏社会の人間などいない。

武芸指南役に選ばれるほどの男を相手にするのだ。それなりの準備はしてある。

ソファーに座っている彼のすぐ背後に、目の前に、数人の男が武器を持って現れていた。

武器を鞘に収めて座っている彼を、武装している強面《こわもて》の男達が包囲している。まさに詰みの状況と言っていいだろう。

「そういきり立つなよ、これは両方に得のある話だ。こっちだって武芸指南役様を殺したくない、騒ぎになるしな。だから……」

「この話はそれなりにカネが動くんだろう。アンタ、それなりに組織の中では上のほうなんじゃないか？」

「ん、ああもちろんそうだ。つまり……」

「人質には十分だな」

瞬身帯は常に身に着けている。

それが何を意味するのかと言えば、刀を手にするまでもなく準備ができているということ。

相手が魔法を使える程度なら、身体強化ができないのなら、狭い室内では全く問題ない。

「は？」

包囲した時点で、詰みの盤面を作った時点で、強面の面々も勝利を確信していた。

包囲している四人の男達は、気が抜けていたのだ。

その気が充実する前に、彼は刀を抜きながら高速で攻撃する。

「おい、生き残った奴」

攻撃を終え、立っていた三人の男が倒れていく。

首がずれて、そのまま腰が落ちるのに合わせて首が落ちていく。

「椅子に座っている奴の命が惜しかったら、組織の兵隊を連れてこい」

彼がさらなる供物を要求し終えると同時に、狭い店内を鮮血が満たしていく。

「ひっ……ぎゃあああああああああ！」

「な、おい……」

「動くな」

立っていた男は、強面を似合わない恐怖に染めて、ほうほうの体で逃げていく。

ソファーに座っている男はそれを止めようとした。インクはそうはさせまいと、血に染まっている刀を彼の喉元につきつける。彼がソファーから立つことはかなわなかった。

「な、おい、アンタ誰に喧嘩を売ったのかわかってるのか!?」

「お前は馬鹿か？　俺はソペードの当主からお墨付きをもらってるんだぞ？」

ああ、田舎者はこれだから困る。

「お前こそ、ソペードに喧嘩売ってタダですむと思ってるのか？」

心底呆れきった彼は、置いておいた脇差を腰に下げた。

さらなる援軍を迎え撃つ構えの彼に対して、ソファーに座ったままの男は焦っていた。

「アンタの腕が立つのはわかった！　わかったから待ってくれ！　いいから、俺を解放しろ！

そうじゃないと……！」

強面の男を逃がしてからすぐのことだった。

店の中に何かが投げ込まれ、そのまま煙が立って燃えていく。

「ここは最悪こういうことになる店なんだ!」

「そうかお前、大したことなかったんだな。こんな雑に斬り捨てられるなんて」

×　×　×

インクを案内した旧友は、燃えていく建物を見ていた。

その建物の周囲には何十人もの強面が手に長物を持って、周囲から人を散らせている。

「お前の『友達』は、馬鹿な奴だ……短気を起こしてこんなことになるんだからな」

「はい、まったくで……」

「で、お前、この落とし前はどうつけるんだ?」

おそらく、組織の中でかなり上位に立つであろう中年の男は、インクの旧友を鋭く睨んでいた。

「お前が新しい武芸指南役の友達だって鼻息荒く言うから任せたんだぞ。店一つと男四人ダメにしちまったじゃねえか」

「……そ、その」

「楽に死ねると思うんじゃねえぞ」

周囲の強面は、事の発端になった小者を睨んでいた。そして、その小者は蒼白になって腰を抜かしそうになる。

そう、友人を悪事に引きずり込もうとした男には相応の報いが待っていた。

「……ん？　お、おい！　待て！　誰か出て来るぞ！」

「嘘だろ、すぐに燃えて崩れるようになっているはずなのに！」

だがそれ以上に悪いのは、その友人の上司達だろう。悪人の下っ端などよりも、よほどの悪徳を抱えた連中である。彼らのほうが、よほど先に報いを受けるべきだった。

「ソペードの当主様から命令されている」

インクは燃え上がる店内の天井を切り裂いて脱出し、上空へ飛び上がって煙と炎から逃れつつ地面へ降り立った。当然のように脱出した彼は、その場の全員を酷薄に睨む。

「もしもくだらないことを勧めてくる奴がいたら、見せしめとして皆殺しにしろとな」

手に持っていた四つの頭部を、道に転がす。それはわざわざ、店の中から持ってきた、愚か者達の首であった。

「シロクロ・サンスイの名を信じない輩に、その真実を事実によって知らしめろとな」

包囲していた数十人の男達は、組織の上位に立つ男は、彼の友人だった男は。

「お前ら全員、晒《さら》し首だ」

ああ、死ぬのだと理解していた。

×　×　×

「危ないところだったな」

そこには、無法者達の首と胴が転がっていた。生きたまま首を斬り落とされ、大量の血をばらまいている死体。

それはまさに地獄絵図と呼ぶにふさわしい。

「お前は自分の上司に殺されるところだったな」

「あ、ああ……」

唯一の生存者である友人に、血まみれのインクは語りかけていた。

ある意味頼もしい姿だろう、友人を脅かしていた悪人を倒してくれたのだから。その手に刀を握ったままで鞘に収める素振りがなく、目が笑っていなければ、ではあるのだが。

「誤解のないように言うが、俺は誤解してないぞ。お前は俺を殺す気も騙す気もなかったんだろう？」

「あ、ああ！　もちろんだ！」

「お前は俺を利用するつもりではあったが、俺を陥れるつもりもなかったんだろう？」

「そ、そうだよ！　俺は、俺はお前と一緒に、一緒に大儲けしたかったんだ！」

まったく、馬鹿というのは救いがたい。

せっかく安定した仕事を得た友人を、半分ぐらいの利己心と半分ぐらいの善意で悪の道に引きずり込もうとしていた。

そのあげく、まさにとんでもないことになっていた。

「だが、お前が今まで俺のことを馬鹿にしていたことも察している」

自分の馬鹿さを、インクは知っている。

自分が祭我やランのように、特別な資質を持つ人間だとは思えない。

それどころか、トオンやブロワにも遠く及ばないともわかっている。

「まったく、わかりやすく落ちぶれたな。これでよく酒を奢ると言えたもんだ」

自分はたまたま偶然生き残っただけだ。そんなことはわかっている。目の前のこいつと、大差がないとわかっている。

「こ、殺さないでくれ！」

「ああ、もちろんだ。俺はお前を殺さない」

でも、違う。絶対に違う。今の自分と、今のこいつは絶対に違う。そんなことは、あまりにもわかりきっている。

「お前が捕まってひどい目に遭ってから解放されて、お前の組織の奴に殺されても。このまま野放しにして組織の奴にそのまま捕まって殺されても、あの燃える店に突っ込んで自殺しても、俺は気にしない」

「は？」

「殺さないさ、好きにしろ」

彼は、足首の宝貝によって空を舞う。

『よく頑張りました』

師匠と呼ぶことも恥ずかしい人から送られた言葉を思い出しながら、彼は飛んでいた。

『貴方はもう、一人前の剣士です』

そう、自分は頑張ったのだ。だから、あいつとはもう違う。

『卒業、おめでとうございます。武芸指南の御役目、頑張ってくださいね』

たとえ相手が切り札に匹敵するほど強かったとしても、守らなければならない名誉がある。

その名誉を、この友人は汚そうとした。悪意がなかったとしても、思慮が足りなかっただけだったとしても、罪が軽くなるわけではない。そんなつもりがなかったなど、言い訳にもならない。

「好きに死ね」

サンスイのことを知らなかったとしても、サンスイの顔に泥を塗ろうとした。それは万死に値する。

猛転

貧民街。

それは農村などから追い出された、食い詰め者達が寄り添う集落。華やかな町のすぐ近くに存在し、誰も彼もが明日の希望もなく過ごしている。

「ふざけやがって！　どういう了見だ！」

その貧民街の出身者、ランプ。

サンスイの下を卒業した彼は、故郷に意気揚々と帰ってきた。しかし、出迎えたのは二十年も生きていないような『ガキ』達だった。

まず、五人ほどの集団が襲いかかってきた。なにか理由でもあるのかと思って、周囲を警戒しながら倒した。

次に、十人ほど襲いかかってきた。これが本命か、と思いつつも統率に欠けるので別件と理解して全員倒した。

さらに二十人襲いかかってきて、その二十人の相手をしている間に倍に増えてきた。なんとか倒しきるも、結局警戒は無駄に終わっていた。

ただのチンピラが、特に意味もなく襲いかかってきただけなのだ。本職の殺し屋が素人に紛れて襲いかかってくる、とかそんなことはなかった。

「さすがにここまで恨まれる覚えはねえぞ！」

大人気なく怒鳴っているランプだが、その姿には尊敬の眼差しが向けられていた。

百人ほどと戦って、その全員を殺さずに血も流させずに倒していた。

本人はみっともなくわめいているが、その実力は証明されている。この騒動を目撃していた者達も、襲撃した本人達も身震いを隠せなかった。

「いったい何を考えていやがる！」

故郷の治安の悪さは知っている。財布をすられそうになることや、恐喝をされることは想定していた。だがこんなに襲撃されるなんて、考えてもいなかった。

「なんで俺を襲った！　言え！」

「その……アンタを倒したら、金一封だって」

「え、俺はアンタを倒したら取り立ててもらえるって」

「俺はこの国一番の剣士になれるって」

「俺は……」

「ちょっと待て！　どういう状況だ!?　誰がそんな大ぼらをほざいたんだ！」

明らかに誤情報だった。

誰がどう考えても、それこそ貧民街の子供でもわかる話だった。

しかし、皮肉にもランプは強かった。最初こそ半信半疑だった子供も、ランプの強さを見て勘違いをしたのだ。

彼を倒すことに、それだけ価値があると思ってしまったのだ。

「アンタの婆さんだって人が……」

「ばばあああああああああ！」

それを聞いたランプは、騙《かた》りではないと理解していた。

あの強欲婆さんならそんなことを言っても不思議ではない。納得した彼は襲撃者達に背を向けて、苛立ちつつ歩きはじめる。

「お、俺達は……」

「知るか、どっか行け！」

処遇を聞く子供達を、ランプはまるで相手にしていなかった。

百人かそれ以上に襲われて、それでも歯牙《しが》にもかけなかった。

それは貧民街のチンピラには驚愕を隠せない武勇伝だが、ランプ本人は心底どうでもよさそうだった。

「まったく……あのクソババアが……」

一方的に襲いかかってきた相手へ、報復もせず放置する。それはこの街の住人からは、理解されないだろう。

だが今のランプは、武芸指南役。確かな誇りを持って生きている彼にとって、自分の祖母が扇動したことはとんでもない恥である。これ以上悪化しないように、さっさと止めに行かねばならなかった。

×　×　×

ランプの実家は、貧民街ゆえに掘っ立て小屋だった。

その家には、父親も母親もいない。いるのは、高齢の祖母だけだった。

「ばばあああああ!」

「おやランプ、帰ってきたのかい」

貧民街の住人にしてはいい服を着ている、高齢にしては元気そうな老婆がいた。

「その様子だと、もう襲われたみたいだね。戦わないで、逃げてきたのかい? 情けないねえ」

「ふざけんな、全員ぶちのめしたっての!」

「んなわけあるかい、十人ぐらいいただろう?」

「百人以上いたってんだ!」

「百人相手に勝てるわけないじゃないか、何歳になっても見栄を張るねえこの子は」

微妙に現実的なことを言う、呆れた様子の老婆。

そんな祖母に対して、いかに自分が強くなったのかを説明したかった。だが、自分の口から説明するのは格好が悪かった。故に黙って椅子に座る。

どうせ、口で言っても信じてもらえるものではない。

「で、なんで俺にガキをけしかけたんだ？」

「そりゃあアンタのためさ。宣伝になっただろう？」

「どこにいる誰に宣伝するんだよ！」

「この街の連中さ、アンタ道場を開くんだろ」

武芸指南役という役職は、その地方最強の剣士という扱いである。

その剣士は、その名前と看板で人を集めて道場というべきものを開き、それによって名誉と金銭収入を得る。これは不正ではなく、正しい商売と言える。

とはいえ、彼やその同僚にその気があるか、というとその限りではないのだが。

「道場を開くんなら、アンタの腕前が気になるだろうさ」

「ふざけるな。俺も仲間も、道場は当分開かねえよ」

「……はあ？　じゃあ薄給で働くのかい？」

「薄給って……この街のどんな仕事よりも、いいところでいい飯が食えるだろうよ」

なにやら、掘っ立て小屋の周りに人が集まりはじめた。

そちらも気になるが、有名人になっていることは知っているので、彼もそこは流す。

「だいたい、アンタも半端だねえ」

「何がだよ」

「国一番の戦士になるとか言ってただろう」

「そりゃあ、まあ……」

「どうせなら、本当に国一番になって帰ってくればいいのに」

ランプの祖母に、他意はなかった。この街を出る前の、彼自身が言っていたことである。

地方領主の武芸指南役という『中途半端』な役職よりも、どうせなら国一番になってくればいい。知らない奴は、勝手なことを言うのである。

「無茶言うなよ……本物の剣聖は、そりゃあもうぶっちぎりだったんだぞ」

切り札やフウケイ、スイボクを知る彼である。正直、あんなのと張り合う根性などない。

努力しても勝てるような相手ではなく、遠すぎて挑戦する気にもなれない。

「だいたい十分だろうが、この貧民街からは本格的に脱出できるしな」

「……詐欺じゃなかったのかい」

「疑ってたのかよ！」

「てっきり、アタシに詐欺の片棒を担げってメッセージかと」

「誰を騙す気だったんだよ！　ソペードが動いてるんだぞ!?」

いや、詐欺と思われても仕方がない。この街で馬鹿やってた時代の自分を思えば、詐欺と思っても仕方がない。

彼は頭を掻きながらため息をつく。

「じゃあ本当に武芸指南役になれたのかい」

「そうだよ……ぶっちゃけ、婆ちゃんが俺にチンピラけしかけたって判明するまでは、婆ちゃんに楽をさせてやろうと思ってたんだよ」

現実は小説よりも奇なり、であろう。

誰かを騙すために現実味を持たせる詐欺話よりも、彼が見てきた現実のほうが神話級に非現実的だった。

特に、スイボクの話は。

「五人まとめてだけど、城下町の屋敷に住まわせてもらう予定なんだよ。婆ちゃん、でかい屋敷で暮らすのが夢だったんだろ」

「やだねえ、詐欺でも嬉しいよ」

「詐欺じゃないって……ていうか、なんかいい服着てるな。まだカネ渡してないのに……おい、誰を騙した」

「そこのそいつら」

祖母が指さす先には、掘っ立て小屋をのぞき込む貧民がいた。汚い格好の子供や、粗末な服を着ている男や女。自分の子供を武芸指南役の弟子にしたいと思っている親達と、そんな立派な仕事に就きたいと思っている子供達が揃っていた。

「おい、お前ら！　このババアにいくら払った！」

「なんだい、返せってかい？　もう全部使っちまったよ」

「俺が払ってんだ！　こんなくだらねえ詐欺をしでかしたなんて当主様やサンスイさんに知られたら、ぶっ殺されちまうよ！」

ランプはぎっしりと硬貨の詰まった財布を取り出す。貧民達はそれを見ると、恐る恐る指を一本二本立てていた。親戚から借金をして用意した、銀貨の枚数を示したのである。

「じゃあこれでいいだろう！　ここにいる奴だけだろうな！」

ランプはその指の数の倍、『金貨』を手渡していく。

初めて見る金貨、その重さを確かめていく親達。利子どころではない倍率の配当に、困惑するばかりだった。

「あんたね……そんなにカネをばらまくなんて……」

「うるせえな、俺のカネなんだから好きにさせろ！　それにこれからご領主様んところで厄介になるんだ、いっぺん財布をカラにしたぐらいじゃあ困らねえよ！」

ランプが祖母と大声で言い争っていたからか、先ほど彼にボコられたチンピラ達も掘っ立て小屋の前に集まってきた。

「今の俺を舐めるんじゃねえ！」

ランプはそれに気付かず、自分の祖母へ堂々と見得を切る。

「アルカナ王国四大貴族ソペード家の切り札、アルカナ王国最強の剣士、シロクロ・サンスイの……生徒！」

弟子、と言い切れないが、それでも他のことは言い切っていた。

「サンスイさんのお師匠であるスイボクさんからいくつも宝貝を作ってもらって、ソペード家当主様から推薦状を書いてもらい、これからこの地方の領主様の武芸指南役になる男だぞ！　貧民街の連中から……」

既に、自分は貧民街の住人ではない、と言い切っていた。

「小銭をだまし取るまねなんぞするか、馬鹿馬鹿しい！」

貧民達がなけなしの蓄えや親戚に頭を下げて集めたカネを、十倍以上にして返金した彼は誇らしげに怒鳴っていた。

「婆ちゃん、これからは城下町で暮らすんだぞ！　領主様や同僚に恥ずかしいところを見せたら、わかってるんだろうなあ！　みっともないことをするんじゃねえぞ！」

「……アンタ、そんなこと言うほど立派になったんだねえ」

強欲ババアがびっくりするほど、非行少年は立派な大人になって高給取りになっていた。

あくまでも、口調だけは今まで通りであったが。

「だいたいな、道場経営ってのは定期的に月謝を取るもんらしいぞ。それこそ、金持ち相手の商売だ。貧民街のガキから一回カネをもらったぐらいで、弟子になんてできねえよ。それに、俺もまだまだ未熟だ。サンスイさんが帰国するころになったら、また王都に戻って修行をつけてもらわないとな」

ランプはサンスイが弟子を取ることに否定的だったことを思い出していた。

スイボクの戦いを見るまでは、サンスイが『師匠には遠く及ばない』と言うのは謙遜か何かだと思っていたが、実際には想像以上にぶっ壊れていた。

そりゃあスイボクに比べれば、サンスイは未熟かもしれない。ましてや自分などが、今すぐ弟子を取るなどおかしなことだ。

それが武芸指南役の正当な仕事であることは認めているが、今はあまり大きく手を広げたくないのである。だがそれは、決して消極的な考えからではない。

「ま、あと十年は修行だな。それがすんだら、サンスイさんから許可でももらって仲間と一緒に道場でも建てるさ」

楽しそうに、未来を語る。十年後、自分がもっと幸せになっていると確信しているようだった。

それは、貧民街の誰もが持っていないものだった。

「その時まで婆ちゃんが生きてるかはわからねえけどな、少なくともこれからは楽できるぜ。ここの連中を騙すなんてやめとけよ」

珍奇な格好をしている彼は、掘っ立て小屋の窓や扉からこちらをのぞき込んでくる面々に笑いかけていた。

「お前ら、ウチの婆さんが騙して悪かったな。俺を倒しても国一番の剣士にはなれねえし、弟子を募集もしてねえよ」

そう言って、椅子を立つ。

「婆ちゃん、まだカネもあるし日も高い。この際、このまま街を出て俺達の新しい家に行こうぜ。婆ちゃんが昔暮らしてた農家の家より立派だと思うぞ」

シワだらけの手をとって、老婆を立たせて前に進む。家を出ようとする。その彼が、掘っ立て小屋の周りにいる貧民達を散らそうとした。

「小屋の中のもんは好きにしていいから、どけよ。俺達は街を出るからよ……ん？」

しかし、誰もどかない。

「この子を弟子にしてくれ」

「カネを返さなくていいから、弟子にしてくれ」

「頼む、子供をこの街から出してくれ！」

「お前の師匠に、子供を紹介してやってくれ！」

「お願いよ、私達もこんな街を出たいの！」

「ウチの子だって、お前みたいに立派になれるんだろ！」

「アンタ、めっちゃ強いじゃねえか！」

「俺もアンタみたいに強くなりてえ！」

「俺を弟子にしてくれ！　カネならなんとか払うから！」

「俺も武芸指南役になりたいんだ！」

「アンタの弟子になれないなら、アンタの師匠へ紹介してくれ！」

「この子に十年後をあげたいんだ！」

「俺達も変わりたいんだ！」

そこには、昔の自分がいた。この街を出る前の自分がいた。

「で？」

つまりは、ただの物乞いがいた。

「お前ら、具体的に何ができるんだ？」

助けてくれとすがってくるだけの雑魚だった。

「俺がああしろこうしろと言ったら、はいと言って従えるか？」

「ああ、もちろんだ！」

「お前の言うことには従うよ！」

「成功したお前の命令なら！」

「俺達に命令してくれ！」

近所のチンピラがそう叫んでいた。うんざりするほど、なんの価値もない真実の叫びだった。

彼らは今、心の底からそう思っていて、一切嘘を言っていない。彼を裏切ろうとはかけらも思っていなかった、が。

「じゃあ、俺よりずっと強い奴と戦って首を持ってこい、と言ったらそうできるのか？」

「い、意地悪なこと言うなよ！」

「そうだよ、お前より強い奴に、俺達が勝てるわけがねえだろ⁉」

「その変な武器があれば、どうにかできるんだろ？」

「俺達はアンタに従うよ、だから守ってくれ！　そう言ってるんだ」

ああ、こいつらは鉄砲玉にも捨て駒にもなれない。ただ、想像力と思考能力がないだけの馬鹿だった。

このまま話をしていても、なんの価値もない。

「嫌なことはしたくない、怖い思いはしたくない、怪我をしたくないし、死にたくもない」

それ自体は、別に咎めることではない。

「じゃあ他を当たれ」

ただ、それを自分に言うのは筋違いだ。

「お前らは、なんとかしてくれと言うだけだ。はした金を払って頭を下げれば、どうにかしてもらえると思っていやがる。そんなことだから、こんなババアに騙されるんだ」

自分の仕事は、自分の仲間の仕事は、そういう意味では変わっていない。

仮に武芸指南役になっても、ずっと強い奴と戦うことから逃げられないのだ。

「自分の子供のことは自分でなんとかしろ、自分のことは自分でなんとかしろ」

楽をしたいと言うのなら、安全な生活がしたいなら。自分を追うのは筋違いだ。

「戦えと言われて逃げ出す奴を、俺の背中に隠れる奴を、武門の名家に紹介できるわけがねえだろうが！」

どうにかしてほしい、と具体的にどうしてほしいのかも人任せ。

そんな奴らだから、この街から出ることもできない。

聖人君子になったわけでもない彼は、軽蔑を隠さずに怒鳴りつけていた。

話を聞いている間、山水はずっと耐えていた。そして聞き終わると同時に、眉間《みけん》を押さえて顔を下に向けた。

とても悲しいことだが、共感できる、理解できる話だった。

五人が立身出世を果たしたことに対して、周囲の反応はとても自然だった。

それを五人や山水がそのまま受け止められないというだけで、彼らが異常というわけではない。一部の悪人はいるが、他の人々は善良の範疇だろう。

「……なんと言っていいのかわかりません」

「ですよねえ……」

山水の言葉へ、特に強く同調したのはカーボだった。

他の面々は、まだ周囲へ文句が言える。だが故郷で大歓迎を受けたカーボは、本来文句をつけるほうがどうかしている。

ただ、彼が恥じる気持ちもわかるのだ。

「俺も昔は上流階級様のお高くとまった態度が気に入らなかったんですが……自分が出世したら、周囲の連中がどういう目で見てくるのかわかりまして……」

深く嘆いているのは、田舎で祀り上げられたカーボだった。

故郷の面々はカーボの出世を、己の利益のために利用しようとしていたのだ。

「いざ仕事が始まったら、手紙が何通も届きまして……脱税の片棒をかつげとか、近所の村を告発しろとか、自分達だけ労役をなくせとか……」

「それは議論の余地なく犯罪ですね……」

カーボも決して褒められた身分ではない。故郷にいた頃から悪童であったし、親のカネを盗んで家出をしたのだから泥棒であろう。もっと言えば、山水に出会うまでの道中で、かなりの罪を犯しただろう。

公の立場を得て足を洗った身ではあるが、履歴書はかなり黒い。その彼が『一般市民の悪事』に対して嫌悪感を抱くのは、かなり勝手なことだ。

少なくとも彼の故郷の住人からすれば、今まで好き勝手にして迷惑をかけてきたのに、何を勝手なことをと思うだろう。

自分が出世するために人を殺してきたくせに、故郷のために脱税ができないのはどういうことか、という理屈である。

わからなくもないが、実行した場合カーボはクビである。もちろん山水が責任を持って、彼の首を落とすことになるだろう。

「とはいえ……すでに領主様へ相談なさっているのでしょう」

「ええ……苦笑いしながら、当分見て見ぬふりをしてやると……諦めたらなかったことにしてやると」

「諦めると思いますか？」

「諦めるどころか、手紙が増えてきて……領主様の屋敷にも直接来てます……」

「ずいぶん大胆な脱税の嘆願ですね……」

「ぶっちゃけ俺が斬り殺そうかと思ったぐらいです……サンスイさんが俺達を斬り殺す気持ちが、よくわかりました……」

カーボは泣かなかった。多分もう悲しいのを通り越して、呆れてしまったのだろう。

自分は故郷で一番の悪党だと思っていた、他の人は貧しいながらも普通の人々だと思っていた。全然そんなことはなかった、故郷の奴らも大概悪党だった。悪いことをする機会がなかっただけで、好機が巡ってきたら見逃さなかったのだ。

「ウォルナットはいいよな……実家が金持ちでさ。あの後お前の弟、直接来て謝ってくれたんだろ？」

「……いやまあ、確かに謝ってもらったけども」

「いいよな～犯罪をそそのかしてくる家族じゃないってのは、なあ？」

居心地の悪そうなウォルナットへ、カーボは嫌味を言う。やはり家族がまともであることが、相当妬ましいらしい。

「ああ、まったくだぜ。ウォルナットの親父さんや弟に比べて、俺の婆さんときたら……やかましいやら恥ずかしいやら。引き取るんじゃなかったぜ」

あてがわれた家へ祖母を連れてきたランプは、カーボに同調してウォルナットを妬んでいた。

「サンスイさん、聞いてくださいよ。うちの婆さん、毎日パーティーに連れて行けってうるさいんですよ。今だって上司のところに挨拶に行くだけだって言ったのに、それをパーティーだと勘違いして大騒ぎして……連れて行け連れて行けって……」

「べ、別に連れてきてもよかったんですよ、娘を見てほしかったですし……私のほうが何倍も年寄りですし……」

「だめですよ！　うちの婆さんはなんかこう……夢見ているんですよ！　今から人生が逆転すると思ってるんですよ！　もう現時点ですげえ上がってるのに！」

（だからそれは俺も同じなんだが……悲しくなってくるな……）

ランプの気持ちはわかるが、山水自身も大概なので悲しくなってきた。

やはり四百八十歳も年下の女性と恋人になって、幸せな結婚生活をして、子供までつくるのは倫理的に問題があったのではないだろうか。

（いやしかし、ランプさんのお婆さんも、若いころはランプさんのお爺さんと結婚して、ランプさんのお父さんかお母さんを産んで幸せだったはず……俺はそれがなかったんだから、これぐらいは……アリだよな？）

「……ああ、そのなんだ、ランプ、お前の話はそれぐらいにしておけ」

「そうだぞ……サンスイさんも困ってるだろ」

山水が沈んでいることを察して、ユエンとインクが止めた。

山水は恥を知っている男なので、他人の恥を見ると己を重ねてしまう。それを知っている生徒達は、慌てて同期を止めていた。

「まあ……私事はこれぐらいにして、仕事のことなんですが……」

「武芸指南役としての仕事ですね？　いかがですか？」

山水は武芸指南役総元締めなので、武芸指南役である五人を指導する立場にある。つまりこの相談を受けること自体が既に仕事なのだが、山水は嬉々として先を促した。それこそ、愚痴を聞くよりも楽しそうである。

子供が生まれたお祝いに来たはずが、仕事の相談。切り出したユエンは少し心苦しそうだが、他に話題が思いつかなかった。しかし山水の気分が切り替わったのを見て、話を続ける。

「主に次期当主の坊ちゃんへ指導をしているのですが、剣の修行へ真剣になってくださらず、苦心しています」

「それは仕方ないでしょう。年齢にもよるでしょうが、興味がないことへ熱心になるのは難しい。それは皆さんもご存知のはずでは」

勉強が嫌いな子供がいれば、運動が嫌いな子供もいて、そもそも習いごと自体が嫌いな子供もいる。そんな子供相手に指導をするのは大変だと、山水は理解を示していた。

なお、ウォルナットは自分も覚えがあったので胸が痛そうである。

「ですが、それでも指導するのが私達の仕事です。それに、指導できなければ貴方の名前にも傷がつく」

「そんなことは気にしなくていいですよ、と言いたいところですが……確かに武芸指南役総元締めという仕事を請け負った身では、そうは言えませんね」

護衛をしている時は、護衛対象であるドゥーウェを守ることが仕事であり、他のことは些事であり余計なことであった。

山水に限って失敗はないが、万が一失敗しても怒られる程度ですむだろう。だが護衛に失敗してドゥーウェが傷でも負えば、罰として殺されても文句は言えない。

護衛を辞めて指南役になるということは、護衛の任務から解放されると同時に、指導について責任を負うということ。気を楽にしていいなど、言える立場ではない。

「剣の指導ですから、荒々しいことをしてしまうこともあるでしょう。ですがそれが必要かどうかはよく考えてください。必要もないのに傷を負わせるのは、ただの暴力ですよ」

「そこはかなり気を使ってますよ、レインちゃんとだいたい同じ年齢なんで。というかどの程度厳しくしていいのかわからないので、慎重にやらせてもらってます」

「最初ですからね、それぐらいでいいと思いますよ。後は雇い主である領主様と相談なさるのがよろしいかと」

「ええ、幸い領主様からは気長に待ってもらってるんです。こうして五人全員でこちらに挨拶に来る許可もいただけましたし……ですが無策のままはよくない。そう思って相談しているんですが、坊ちゃんはどうにも……あ」

ユエンは『あ』と言った。その一文字には、特に意味などない。ただ何かまずいことに気付いただけだった。

そして他の四人も、気まずそうになる。そんな四人を見ていると、山水も気まずくなってきた。

「どうか、なさいましたか」

「その……坊ちゃんは、俺達に支給された宝貝に興味津々で……」

山水の師匠、スイボク。彼の作った宝貝は、『誰でも仙術が使えるようになる道具』である。それを持っていれば、子供でも空を飛んだり速く動けるようになるのだ。そりゃあ、子供だって興味を持つだろう。

「……そうですか」

なお、そのスイボク自身から正当に仙術を習った山水は、スイボクが宝貝を作れることを素直に受け止められなかった。

五百年も修行してようやく覚えた術を、誰でも使えることに抵抗が大きかったのだ。

その宝貝が話題に出たことで、また山水の顔は曇っていった。

「……サンスイさん！　仕事のことは忘れましょう！　ファンちゃんですよ、ファンちゃん！　俺、サンスイさんから娘自慢聞きたいですね！」

「……そうですね、では」

インクが気を使って、力技で話題を切り替えた。

山水もそれに乗っかって、話を切り替えようとする。しかしそれは逃避に他ならず、彼はただ悲しくなるばかりであった。

（やはり俺は、修行が足りないのかもしれない……）

この場の六人全員が、己の至らなさ、未熟さ、軟弱さを嘆いていた。やはり人生は修行、一生努力しないといけないのだろう。

武芸指南役の面々は、今だけは武を忘れつつ、しかし一層の精進を誓うのだった。

予兆

ドゥーウェの兄、ソペードの当代当主は、トオンとドゥーウェ、先代当主と王都で過ごしていた。

マジャンまでの道や王国内で起きたこと。そしてバトラブ領地で起きたこと。

事前にある程度聞いていたとはいえ、当人達から聞くとまた違った印象となる。

「ドゥーウェの花嫁姿。見たいような、見たくないような……」

「綺麗だったぞ」

「それは当然でしょう、疑っていません。ですが……嫁にやるというのはまた複雑なものです」

最初の感想は妹の結婚式云々である模様。

「それにしても……サイガがサンスイと戦えるほどになるとはな」

次いで口にしたのは、サイガがサンスイを相手に戦いを演じた件について。

三度目の戦いについては、現当主も実際に見ている。正直に言えばサンスイが苦戦するところを見たい気分でもあったのだが、それは見事に裏切られた。

そうして完敗してもサイガは腐らずに、健気に精進してきたと聞いている。それが実を結んだというのなら、少なからず敬意も感じてしまう。

「正直に言いますけど、ひやりとするところもありましたわ。まあ私達がひやりとしただけで、サンスイ自身は服が汚れた程度でしたけど」

「サンスイをよく知るお前がひやりとしたのなら、周囲はさぞ肝を冷やしただろうな。サイガがバトラブで名を売るのはいいことだが、それでサンスイの株が下がってはたまらない。互角に戦い、周囲を圧倒したのなら、それは結構なことだ」

シロクロ・サンスイという剣士には、他を寄せつけぬ圧倒的な強者でいてほしい。そんな願いが、ソペードにはあった。

そしてそれは、サンスイが持つ圧倒的な強さによって、常に叶えられてきた。武門の名家に、最強の剣士がいる。その剣士は当主の命令に忠実で、決して逆らうことはない。そんな夢の剣士が、シロクロ・サンスイであった。

だがその一方で、そのサンスイが全力で戦うところ、手を尽くし技を尽くし、苦戦の末に勝利するというところも欲していた。

もちろんそれは、弱くなってほしいという願望ではない。どんな強者が相手でも面白みなく瞬殺するサンスイでも、少し手こずる相手が欲しかったのだ。

最初にサイガが現れた時、彼の資質や神剣エッケザックスを見た時、それを期待しなかったわけではない。

それが少々の時間をかけて、実際に叶った。それはサンスイ自身にとっても、ソペードにとってもいいことだろう。

「……ところで、まさか負けていないだろうな」

だがそれはそれとして、負けたら嫌なのだ。話の流れからして引き分けになったのだろうが、それでも一応念のため聞く。

「機を見て止めたので、決着はつかなかったぞ。まああのまま続けていれば、先にサイガが疲れていただろうが」

先代当主は引き分けだったと語った上で、あのまま戦えばサンスイが勝っていたとも言う。

サイガは複数の気血を宿すが、一つ一つの量は限られている。長く使っていれば、必然的に使い切るだろう。

それに対してサンスイは仙気しか宿しておらず、それを使い切ればそれまで。だが仙術自体の燃費がとてもいい上に、サンスイは無駄撃ちをしない。回避も防御も攻撃も最小限で、疲れることからはほど遠い。

よって、あのまま戦っていれば、先にサイガが力尽きる。それはサイガ自身も認める『結果』だ。

「そうですか……それを聞いて安心しました。あのまま戦っていればサンスイが負けた、など父上の口から出ればどうしたものかと……」

旅立つ前に、サンスイは師匠であるスイボクと戦って負けた。それは当たり前のことだったが、やはり気分がよくなかった。

そうして鍛えられたことが、より一層サンスイを強くしたと知っても、それでも複雑だった。

勝手な話だと自覚している。相手が強くても、弱くても、互角ですらも不満が湧く。十分に職務を果たしているサンスイに対して、過大な理想を押し付けてしまっている。

いや、もうわがままなのだろう。サンスイに対して理想を押し付けているのは、それこそスイボクぐらいのはずだ。

「……ふ、この話題はこれぐらいにしておこう。トオンよ……母親のことは残念だったな」

「……いえ、母だけの責任ではありません。私の弟妹達が至らぬばかりに、アルカナ王国へ迷惑をかけました」

申し訳なさそうに黙っていたトオンは、短く返事をする。

「そうだな。確かに王位継承問題を解決するべきは当事者だった。だがその経験が生きて、サイガ達は成長した。テンペラの里の者達も、よくやってくれたようだし……結果から言えばむしろよかったほどだな」

現当主からの、忌憚《きたん》のない意見。それはあけすけで、だからこそありがたかった。

「お気遣い、痛み入ります。アルカナ王国には、私達の婚儀のために巨額の費用と時間を割いてくださったというのに、迎えた故郷の情けない実情には、恥じ入るばかりで……」

「そう思うのならば、次の結婚式も成功させてほしいものだな。お前は故郷でも大いに人気があったらしいが、この近辺でもすごいことになっているぞ」

現当主はそう言って、大量の手紙が入った籠をトオンに見せた。

各国から届いた、トオン宛の手紙である。

「マジャンへの道中で各国に挨拶をしただろう。その時にお前と言葉を交わしてから、夜も眠れないという娘が多くいて、その父や兄達から手紙が届いている」

「……そ、そうですか。故郷のあたりではよくありましたが……」

「マジャン王国にいた時は第一王妃の長男、このアルカナ王国ではソペードの本家令嬢の夫。そのあたりも無関係ではないのだろうな」

トオンは気まずそうにしていた。入り婿の身だというのに、これではあたりかまわず女に声をかけまくったかのようである。

もちろんトオンは一切思わせぶりな態度など取っておらず、むしろ結婚の挨拶に行くと言ってドゥーウェといちゃついていたぐらいなのだが、それでもなお女性達は彼に寄ってきたらしい。

だがそれでも、現実に揺らぎはない。怒っているかと思いきや、ソペードの三人は怒っていなかった。ドゥーウェに至っては、にやにやと嬉しそうですらある。

「お前がやましいことをしていれば、サンスイが斬っているか、私が斬っている。お前がそうした阿呆なことをしていないのは、私もよく知っている」

「私が父上を疑うわけがあるまい。それに、妹に夢中なお前が他の女を目に入れるとも思えん」

「むしろこれぐらいじゃないと嬉しくないわよ。せっかくいい男と結婚したんだもの、羨んでもらわないとね」

「……私はやはり、いい家に巡り合えたようです」

やはりソペードは強い。周囲から好意を向けられすぎている婿を、心底から迷惑に思っていない。彼らが求めているのは、あくまでも実力とドゥーウェへの好意。それさえあれば、周囲からの視線など意に介さない。

そうした強さが、気を使いがちな彼にはありがたかった。

「それにしても……いくらソペードとつながりができるとはいえ、私は婿です。それに出自も、この近辺では名も知られていない国の王子です。そんな男などと結婚したがるものなのでしょうか」

トオンは遠い国の生まれということで、顔立ちがかなり違う。自分達と違うことを悪い材料に考える者は多いだろうに、なぜこうも多くの声がかかるのか。

酸いも甘いも知るトオンには、その点がよくわからなかった。

「お前の言いたいことはわかる、確かに私も多すぎると思ったからな。だが最近のアルカナ王国を思えば、そうなっても不思議ではないと思い直した」

同規模のドミノを傘下に従え、八種神宝《ヤクサノカンダカラ》をすべて掌中に収め、周辺では知られていなかった希少魔法をいくつも手に入れつつある。

もともと大国であったが、さらに強大になっていく。そうした躍進を見て、多くの国がつながりを欲しがるのは当たり前だろう。

「……そして、他の手に出る国もいくつかあった」

娘を嫁入りさせて近づこうとするのは、まだましなほうであろう。

アルカナに集まった多くの秘儀秘法、それらを力ずくで奪おうという国が出ても不思議ではない。

「……なにがあった」

息子である現当主の顔に影ができた。それを見てただごとではないと察した先代が真剣な顔に変わる。

「いくつかの国が、我が国へ間者を送り込み、宝貝や蟠桃、人参果を盗もうとしてきた」

「たしかに……蟠桃や人参果は言うに及ばず、宝貝も派手さはないが便利な道具だからな」

「国内でも欲しがる者は多かったもの、協力者を募るのも簡単だったでしょうね……」

ソペードの親子は、そうした騒ぎが起こったこと自体には驚かなかった。

むしろ最初の最初から警戒しており、だからこそ流通を禁じ、使用なども制限を設けたのだ。本音を言えば、サンスイの生徒達にも配りたくなかったぐらいである。

「もしや、実際に盗まれたのですか？」

「そんなわけがないだろう、盗まれるとわかっているものを盗ませるほど我が国は愚かではない。すべての下手人を捉えることはできずとも、宝物はすべて守り切った」

サンスイの生徒達が持っている分はともかく、他の宝については最初から厳戒態勢で守っている。だからこそ逆に保管場所も知られていたが、知られてなお盗ませないのが厳戒態勢。宝には指一本触れさせることはなかった。

まあ当然である。怪盗の類がいるわけでもなし、厳重に守っていれば盗まれることがないのはなにも不思議ではない。

「ではお兄様は、なぜそんな顔をなさっているのですか？　何事も起きなかったのでしょう？」

「……一部の国の者が、我らの思いもよらぬものに手を出したのだ」

当主の顔が、真っ青に染まっていく。それはサンスイ達が不在の間に、重大すぎる事件が起きたことを示していた。

「宝貝、蟠桃、人参果。その実物ではなく、製作法を盗もうとした者がいたのだ……！」

ダヌアやウンガイキョウがあるならともかく、現物一つ盗んでもあまり意味はない。それらよりもよほど価値があるのは、それらを製造する手段に他ならないだろう。

「……まさか」

事態を察したドゥーウェは、思わず顔をひきつらせた。彼女だけではない、トオンも先代当主も顔を青ざめさせていた。

「そうだ……それらの製作者である、スイボク殿を狙ったのだ」

まさに死角、まさに盲点。

錬丹法を操り、宝貝を作れるスイボク。彼をいずこかへと連れ去り、その秘伝を盗もうとする者がいようとは。

アルカナ王国の誰もが、まったく想定していなかったのである。

「スイボク殿を狙うだなんて、神をも恐れぬ所業ね……」

「ああ……聞いた私の肝が冷えたほどだよ」

全員を拘束したスイボクは『この程度の頭数で儂《わし》を攫《さら》おうとは、舐められているということかのう』と言ったらしい。

それを聞いても下手人達はただ観念するばかりだったが、まさか国家滅亡の危機に立っていたとは思うまい。

「スイボク殿こそが誰よりも危険なのだがな……」

スイボクという男を知らぬのならば、その言葉も違うふうにしか受け止められない。知らぬとはなんとも恐ろしいものであった。

番外編

父としてのふれあい

親になるというのは、とても大変なことであると俺は知っている。

親になるということは、ただ子を生《な》すだけではなく、その子供を育てるということだ。

子供、赤ちゃんというのはとても弱く危うい存在だ。

だからこそ親は、赤ちゃんを『守る』という意識が必要だ。

ただお乳をあげればいいだけではなく、夜泣きやおしめの世話など、やらなければならないことがとても多い。

それは俺の生まれた世界では『親の仕事』とされていたが、『親だけでやるのは大変なので周囲の協力が必要です』という価値観があったはずだし、父親が母親任せにしてしまうことが問題とも言われていた。

もちろん俺は、無為に母親任せにする気はない。ブロワにとっても初産で大変だったと思うし、帰ってきたからにはむしろ俺一人で頑張るぐらいの気合があった。

だが実際どうなのかと言えば、少し違ったわけで。

「あらあら、ファン様。お腹すきましたか？」

「違うわよ、きっとおしめの交換よ！」

「どっちも違うわねえ……それじゃあ抱っこしましょうか」

今俺はブロワの実家にいて、もちろんファンと一緒にいる。

それでファンのお世話は誰がしているのかと言えば、ブロワではなく、ウィン家の乳母達である。

三人で交代しながらお世話をしており、もちろん必要な時には他の給仕達も駆けつけるという、隙のない布陣となっている。

まずブロワがお世話をしていないし、一人で世話をしているわけでもないし、当然俺の出る幕はなかった。

俺は時折抱っこしているだけで、ファンのお世話は何もしてないのである。

もちろんとても大きな視点で見れば、俺が稼いだお金によって乳母達を雇っているとも言えるのだが、直接的にはブロワのご両親が彼女達を雇っているわけで……。

仮に俺がブロワの実家へお金を入れたとしても、それで俺がファンを養っていると言えるのかどうか。

今の俺は自分の娘がお世話をされているところを、遠くから眺めるばかりである。

「……おい、サンスイ。別に悪いとは言わないが、そろそろやめてやれ」

「そうだよ、パパ。ちょっとかわいそうだよ」

自分の娘を遠くから眺めていただけなのに、自分の妻と娘から不審者扱いされてしまった。

おかしい、ここは妻の実家であり、不審者扱いされるいわれはないはずなのに。

「あのな……彼女達は仕事をしているんだ。それで、お前は一応雇い主側なんだ。仕事中ずっと雇い主から見られていたら、すごく緊張するだろう？」

ブロワからの指摘はもっともだった。俺がファンを抱っこしている分にはともかく、ファンがお世話されているところを見ているのは、仕事ぶりの監視に近い。

彼女達がちらちらこっちを見ていたり、微妙に緊張していたのは、そういうわけだったのか。

「あのね、パパ……パパは国一番の剣士で、すごく強いって噂だし……怖いと思うの」

娘からの指摘で、俺は自分を客観視できた。不審人物ではなく、危険人物であったらしい。

王都には俺が斬った首が並べられていた時もあったぐらいだし、彼女達が俺に怯えても不思議ではない。

「そうか……じゃあちょっと移動しようか」

そう言って俺がブロワとレインを連れて移動すると、乳母達の緊張がほぐれていった。やはり俺がいると迷惑だったようである。

移動しながら、俺は思ったことをそのまま相談した。やはり父親として、悩みごとは家族に打ち明けるべきであろう。

「なあ二人とも……俺は父親として、ファンに何をすればいいと思う？」

俺の真剣な問いに対して、妻と娘はどう答えるのだろうか。

「そんなに深刻にならなくていいぞ、抱っこしてくれたり遊んであげるだけでいいんだ」

「そうだよ、パパ。それでいいんだよ！」

要求されている水準が低すぎて、俺は困った。

仙人である俺だって、赤ちゃんは可愛いと思う。というか、そうでなかったらまずレインを拾ってない。

しかしながら俺の価値観において、大変な思いを何もせず、赤ん坊を可愛がるだけの父親というのはかなり最低である。

悪意のある見方をすれば、母親であるブロワだって人任せで楽をしているのだろうが、出産という大仕事を終えた後で体調も回復していないわけで……。

つまり俺は自分だけ何もしていない、という気分になっていた。かなり父性を持て余している。ファンのために、何かしてやりたい気分だった。

「ねえパパ、私の時はどうだったの？」

「お前の時も似たようなものだったが、あの時はお嬢様の護衛だったからな……」

「ああ……正直お世話どころじゃなかったな」

レインの質問に、俺はあっさりと答えた。ブロワも共感している。

なにぶん俺とブロワの二人でお嬢様の護衛をしていたので、父性を発揮する以前に忙しかったのである。

つまり究極的に言うと、今の俺は暇を持て余しているので、結果的に父性を持て余しているということなのだ。

レインの時は働かないとレインを養えない、と必死だったのだが、今この瞬間はまったくそんなことがないわけで。

「気持ちはわかるぞ。私もお前がマジャンに向かって、妊娠が判明するまでの間、ひたすら暇だったからな。いや、暇というか、何もしなくていいのか、という気持ちだったが……」

こういう時、ブロワは俺の気持ちを分かち合ってくれる。

ブロワは稽古や護衛を負担に感じていたが、いざ何もしなくていいとなると戸惑ってしまったのだろう。

しかしブロワのそんな気持ちは、妊娠によって消えた。おそらく今もそうだろう。であれば俺の父性を持て余す気持ちを解決するには、別の何かが必要だった。

「そんなに深刻に考えなくていいんだぞ？　むしろずっと一緒にいるだけでいいんだから」

「……いや、しかし、この時間をおろそかにするのもよくない気がする」

なんだかんだ言って、暇なのはあと少しだけだ。もうすぐお嬢様の『アルカナ王国での結婚式』が始まるわけで。

その後は師匠の故郷へ行く用事があって、さらにその後は武芸指南役の仕事が始まる。

この短い時間を、できるだけ有意義に使いたかった。そう思ってしまうのは、しかたないことだろう。

「もう少ししたら、俺も忙しくなっちゃうからなあ……」

その一点が、引退したブロワやまだ子供のレインと違うところだ。

それを言うと、ブロワとレインも、俺へ気を使い始めた。このままだらだら遊んであげているだけというのは、後々後悔しかねない。

この可愛い盛りの我が子の、大事な時間。俺はできるだけ後悔しない過ごし方をしたかった。

×　×　×

ということで、俺はブロワの家族へ教えを乞うことにした。

ブロワのお姉さんとお兄さんにはもう子供がいる。レインにとっては従姉妹、俺やブロワにとっては甥や姪にあたる子が、たくさんいるのだ。

よって、ヒータ義兄《にい》さんもシェット義姉《ねえ》さんも、俺より経験豊富である。限られた暇な時間、子供とどう接したらいいのか聞くことにした。

ということで、先に聞きに向かったのは同じ家にいるヒータ義兄さんである。少し時間がある時に、お話をうかがうことにした。

「なるほど……暇な時間に子供とどう接しているか、ですか」

俺の質問に対して、ヒータ義兄さんは顔をしかめていた。

「我ながらぜいたくな悩みだとは思うのですが……」

「ええ、羨ましい……私も子供が生まれた時は、嬉しいと思った一方で、父になったにもかかわらず現状に甘んじる己を恥じていました……」

「そ、そうですか……」

「それは、今もですがね……」

聞く相手を間違えた、と俺は理解していた。確かに俺の悩みなど、とても可愛いものである。親から引き継ぐ仕事のことで、とても悩んでいるこの人に聞くことではなかった。

とはいえ、じゃあこれで失礼しますね、というのは失礼極まりない。話を振っておいて、話にならないからと即帰るのは無礼千万だった。これから家族として暮らしていくのだから、こうした事柄で馬鹿な真似をするわけにはいかない。

「……とはいえ、私も貴方とさほど変わりませんでしたよ。姉と違って、私に子供ができたのは栄転した後のこと。生活がだいぶ楽になったので、子育てはほぼ乳母に任せていましたから」

真剣ではありつつ軽い口調で話をしたのに、思いのほか重い返事が返ってきた。

もともとブロワの実家は、この土地ではなかった。別のもっと貧しい土地で、貧しい生活をしていたという。

貴族といってもどの家も裕福、というわけではない。少なくとも、ブロワの実家はそうだったのだ。お嬢様の護衛としてブロワが採用されて、その見返りとして今の豊かな土地を担当できるようになったのである。

そして貧乏だった時代は、乳母を雇えるかどうかも怪しかったのだろう。やはりブロワは大任を背負っていた。ご両親が俺へ幸せにしてくれと言った気持ちがよくわかる。

「どちらかといえば、私は妻に愚痴を言って、慰めてもらっていたぐらいで……」

「そ、そうですか……」

参った、思った以上に参考にならない。

ヒータ義兄さんの言う通り、俺は国一番の剣士として認められ、公私ともに順調である。だからこそ『ぜいたくな悩み』を真剣に考える暇があるのだが、ヒータ義兄さんは『跡取り息子なのに父親から信頼されてない』という深刻すぎる悩みを抱えていたわけで……。

それは今もさほど変わりがない。妹のライヤちゃんのほうが信頼されてるぐらいだった。なのでヒータ義兄さんの悩みは現在も続いているのだ。

「……今もあの時も、子供には力をもらっています。世間からすれば若輩者でも、子供達からすれば唯一の父。胸を張れる男になれるように、今も頑張っています」

「それはとても素晴らしいことですよ！」

「貴方はそんな悩みなんてないんでしょうね……世界最強のお師匠様から認可を頂いていて、ソペードの当主様からも信頼が厚く、国一番と呼び声も高いのですから……」

「そ、そんなことないですよ、今も娘とどう接していいのかわからないぐらいで……」

「貴方に、私の気持ちなんてわからないのでしょうね……」

だめだ、嫌味を言いに来たような雰囲気になってしまった。

これではただの幸せ自慢で終わってしまう、というかこのお義兄さんが自虐してそう誘導してしまっている。

面倒くさいな、このお義兄さん……。もしかしたら俺に心を許している証なのかもしれないが、少し許し方を間違えている気がする。

「先日も、ブロワのお見舞いということでスイボク殿がいらっしゃいまして……それはもう、大騒ぎに……私など、木っ端同然でしたよ……」

「し、師匠がご迷惑を？」

「いえ……そのようなことはなかったのですが、私が周囲からスイボク殿や貴方への繋ぎ扱いをされまして……ある意味望んだことだったのですが、実際になってみると惨めなものですね」

聞けば、このヒータ義兄さん、俺とブロワの結婚をウィン家に有益なほうへ誘導したかったらしい。

つまり俺をサンスイ・ウィンとか名乗らせて、ウィン家に属させたかったそうだ。

正直それでもいいかなぁ、と俺は思っているのだが、それはあんまりいいことではないらしい。なぜなら、『ウィン家』よりも俺個人のほうが格上だからだそうだ。自分でもどうかと思うが、ずいぶん偉くなったものである。

もちろんこうやって妬まれるのは、ちっとも楽しくないわけだが。

「貴方とこうして直接会えること……貴方の妻の、その兄であること。それが世間から見た私の、唯一の価値であるらしい……」

「そ、そこまで引け目に感じずとも……」

「恥じるばかりですよ……己に価値がないことを、他人でごまかそうとした己をね……」

相談を持ちかけたはずが、逆に愚痴を聞く。それもまた、家族のあるべき姿なのかもしれなかった。

×　×　×

さて、ヒータ義兄さんと話をしていたその時に、別の家へ嫁いだシェット義姉さんが会いたがっている、という話を聞いた。

なんでもスイボク師匠のことで、少し話がしたいらしい。

正直、冠婚葬祭以外では会いたくない相手なのだが、幸いこっちも聞きたいことがあるので、変な流れになっても話題をそらすことができるだろう。

そう思った俺は、シェット義姉さんの嫁ぎ先へお邪魔することにした。

これも聞いていたことだが、シェット義姉さんの嫁ぎ先は、今のウィン家よりも格が下らしい。もちろん当主様の側近扱いである俺よりも、さらに下らしい。

なので、とても丁重にもてなされた。ものすごく心苦しい。格上扱いされるのに慣れていないので、自分が嫌味なことをしている気分だった。

その上で、会うのはシェット義姉さんである。もう自分の悩みがちっぽけに思えてきた。

なんでせっかくの休暇を、大事な娘とだらだら過ごすことに使わなかったのだろう。そう後悔するほどであるが、休暇なのに会いたいと言われて会わないのも悪い気がする。

これが親戚付き合いというものだ、我慢しなければなるまい。祭我だって頑張ったんだ、俺も頑張らねば。

「サンスイさん、わかっていただけますか？　この肌のツヤが！　本当に、卵のようなつるりとしたきめ細やかさが！」

「え、ええ……以前と比べて、とてもよくなっておられるかと……」

「スイボク様が下さった秘薬のおかげですわ！　それはもうぐっすりと眠ることができまして、朝、目が覚めた時には疲れが吹き飛んでいるんです！　眠りすぎてなかなか起きれないのが難点ですが、おかげで体調もよくなってきて……」

しかし親戚としての良好な会話をしようとしている俺に対して、シェット義姉さんは自分のことばかりを話していた。

俺は国交のない遠い国から帰ってきたのだから、少しくらいそのことを聞いてくれてもいいのではないだろうか。親戚付き合い云々を抜きにしても、普通気になるのではないだろうか。

少なくともマジャン王国では、アルカナ王国とはどんな国なのかと、それはもう前のめりで話を振ってくれた。

積極的に聞いてきて大いに感動して『ぜひ伺いたいですね』と言ってくる展開を期待しているわけではないが、『お仕事はどうでしたか』という程度には話を振るべきではないだろうか。興味がなくても、興味があるふりはするべきだと思う。

「ですがスイボク様は他の方にも教えを授けておいでで……さらなる暮らしの節制や、毎日の運動などを指導していらして……それを実践なさっている方には負けてしまうんです……」

仙人である俺が言うのもどうかと思うが、彼女には一般常識が欠けている。

いや、ある意味これも、俺が身内だと認めている証拠なのだろう。さすがのシェット義姉さんも、他の人の前では淑女としてふるまっているはずだし。

「またスイボク様がいらした時には、いろいろと教えていただきたいです！」

「ご、ごほん……師匠は確かに、多くの知恵をお持ちですからね。弟子である私も、剣のことしか学べておらず、その懐深さには驚くばかりです」

実際に思っていることを口にした。

本来の仙人とは師匠のように、多くの知恵を持っているのだろう。

五百年も修行したのに剣しか学んでいない俺は、周囲からさぞがっかりされていることだろう。俺は仙人として未熟であり、戦闘しかできない俺は、やはり一人前からほど遠いのだ。

まあそれを言い出せば、そもそも師匠が俺に教えてくれるべきだったのではと思わないでもない。しかし半端がよくないということもわかるので、そのあたりは悩ましいことだ。

「ですが、さすがに師匠に相談できないこともあるのですよ」

「あら、それはどんなことかしら？」

「まだ幼い子供との接し方がわからないのです……」

自然な流れで、俺は本題に入れた。正直父としての悩みを母になっている女性へ相談するのは少しずれている気もするが、まあおかしなことではないだろう。

というか、美容がらみの愚痴を聞き続けるのが怖かった。下手をすると、以前のように恐慌状態に陥りかねないからだ。

「今はしばらく暇なのですが、ほどなく忙しくなるのです。この短い自由な期間に、赤ん坊のファンに何かをしてあげられればと思うのですが……」

「……」

俺の話を聞いたシェット義姉さんは、しばらくきょとんとしていた。どうやらよほど意外であったらしい。

「あの、もしかしてスイボク様にご家族はいらっしゃらないのですか？」

「ええ……一応聞いたこともあるのですが、女性との経験もなかったそうです」

「まあ……」

この、よほど意外、というのは、どうやら『師匠に子供とのふれあいを相談できない』ということだったらしい。

それは師匠に子供がいないことを意味しており、彼女の価値観だと考えにくいことだったのだろう。

しかしそれも無理からぬことだ。シェット義姉さんからすれば、仙人である俺も妹の夫である。仙人なんだから未婚が普通、という考え方が彼女にあるわけもない。

「……そういえば、スイボク様や貴方はお酒に酔えないし、薬を飲まなければ食欲もわかないとか」

「ええ、仙人とはそういうものですので」

「……私には真似できませんね」

いまさら過ぎることで震撼されたが、確かにそうだと思う。大昔の俺も、同じように考えていたわけだし。

「そういうわけですので、赤ん坊との接し方がわからないのです。父として何かしてあげたいのですが……」

「……そう悩むことはないと思いますが?」

やはり、ブロワやレインと同じようなことをシェット義姉さんは言った。お世辞ではなく、本心からそう思っているようだった。

「こう言ってはなんですが、養子であるレインちゃんも赤ん坊のころから育てたと聞いています。そのレインちゃんがあんなにいい子に育っているのですから、同じように接してあげればいいのでは？」

シェット義姉さんの言っていることは、あながち間違ったことではない。一人目がうまくいっているのだから、同じようにすればいい、ということだろう。

ただ、俺の趣旨とは少しずれている。俺だってそこはあんまり心配していないのだ。

「確かにレインはいい子ですし、ファンのことも可愛がっています。ですが……俺が何かをしてあげたいのですよ」

「まあ……ブロワも幸せ者ですね、こんなに家族思いの夫がいるんですから」

そう言って笑うシェット義姉さんは、やはりブロワの『姉』だった。

「私も社交界では夫の愚痴を聞くこともあるのですよ。それは仕事のことや地位のことなど、貴族特有のこともありますが……やはり男女の悩みもありますからね」

お金があって地位があって、子育てに不自由がない。そんな典型的お貴族様でも、夫婦関係まで順調とは限らない。

そしてそれを、深刻に受け止める人も多いのだろう。

「子供のことでもそうです。子育ては妻の務め、問題があっても自分が関わる気はない。そう考える男性も多いのです。そうなった時、子供への影響以外にも、夫の無関心さに傷つく……それが女であり母であり、妻というものですわ」

「俺は、そうなりたくないのですよ」

やはり、俺の懸念は正しいのだろう。ファンのことを乳母やレイン、ブロワ任せにしていたら、ファンを蔑ろにしているだけではなく、ブロワやレインを蔑ろにすることになってしまう。ファンの相手をしている、あやしている、遊んであげている……それで父親として仕事をしてやった気になるのはよくない。

「それなら、女の秘密を明かしてあげましょう。どうすれば妻や娘が安心するのか、教えてさしあげます」

「本当ですか？」

大変失礼な考えだが、シェット義姉さんが俺へ有益なアドバイスをしてくれるとは思っていなかった。

なので思わず本当ですか、と聞いてしまった。『お前が俺の役に立つなんて信じられない』という意味の『本当ですか』なのだが、幸いその真意は伝わらなかった。

「これは子育てに限らないことですが……社交界での惚気《のろけ》話では、楽しげに夫の失敗談を話すものです。でもそれはただ失敗するところを見たというだけではなく、それを後で夫婦で話し合って、弱音や愚痴も言い合えるからですよ」

「……なるほど」

本当に有益な情報だった。確かに俺が忌避していることとは、対極に位置している関係性だろう。

俺は自分がファンへ何かをしてあげたいと思っていたが、それはファンだけではなくブロワやレインのためでもある。それなら、二人とファンのことで話をするのは、きっとそれに通じるものがある。

「ただし、乳母の言うことは守ってくださいね」

「……はい」

危ういがゆえの怖さではなく、真面目さからくる圧力が、シェット義姉さんから伝わってくる。さすがにこれだけは釘を刺しておかなければ、と彼女も考えているのだろう。失敗しました、で許されないこともあるわけだし……。

×　×　×

俺はシェット義姉さんの嫁ぎ先から、ブロワの実家へ戻っていた。思いのほか有益な情報が聞けたので、少なからず満足感もある。

少なくともヒータ義兄さんとの話よりは、シェット義姉さんとの話のほうが有意義だった。父として何をしてあげたかよりも、母として何をしてもらったら楽しいのか、という視点のほうが有効なのだろう。

これもまた、剣に通じるものがある。攻め手側に立った考えばかりでは、攻めが不十分となる。受け手の気持ちも考えて、有効な場所を探らなければならない。

それに、具体的に何をすればいいのかも概ねわかってきた。とにかく勝手に動かずブロワと相談する、終わったら話し合う……。

報告、連絡、相談。夫婦の円満な関係にも、それが必要だったということだな。

そう思っていると、お義父《とう》さんとお義母《かあ》さんの気配を感じた。二人そろって、ファンの傍にいる。

既にハイハイをしているファンをあやしながら、二人とも静かに涙を流していた。

「……ふふふ、サンスイ君も言っていたが、本当にブロワそっくりだな」

「ええ、生き写しです」

二人とも嬉しそうだが、同時に悲しげでもある。

お義父さんもお義母さんも、二人とも同じ気配を放っている。そしてそれは、偶然の一致ではなく分かち合われている感情だ。

俺にとってファンは二人目であり、お二人にとっても初孫ではない。よってこの涙は、よくも悪くも貴族的な理由による哀しみではない。

「……まさかこうして、ブロワの子を抱けるとはな」

「ええ……夢のようです」

俺は二人の話に、首を突っ込むことができなかった。この苦しみは、俺が入っていい領分ではない。

もうすでに、ブロワの仕事、お嬢様の護衛の任は終わっている。これから先、ブロワが命を懸けた仕事をすることはない。

だが、この二人にとって、過ぎたことではあっても終わったことではない。どんな理由があっても、幼い娘を盾として差し出した事実は消えていない。

ご両親は実際にブロワを差し出して、ブロワは実際に命を懸けた仕事をしたのだ。実際に起きたことは、なかったことにできない。

ブロワが気にしていなくても、二人は気にしている。つまり、いい人達なのだ。

「聞けば、サンスイ君は父としての振る舞いを気にしているとか……それだけブロワを想ってくれている証拠だよ」

「ええ、あの子を大事にしてくれているのですね……」

家族はつながっているのだと、俺は強く認識した。それはお互いわかり合っている必要さえないほど、固いつながりなのだろう。

だが、交わした言葉は、お互いに残っている。重みが違っても、俺達に認識の齟齬《そご》はない。

「サンスイ君はブロワを幸せにすると約束してくれたが……嘘ではなかったようだ」

「ええ……私達が至らなかった分、あの人が幸せにしてくれているんですね……」

俺は二人に背を向けて、ブロワのところへ行くことにした。それが双方にとって、家族全体にとって、大事なことなんだと思った。

×　×　×

俺はブロワやレインと一緒に、ファンと遊んでいた。

もうすでに座れるようになっているファンは、指をしゃぶったりしながら俺のことを見ている。

まだ会って日が浅い俺のことを、観察して覚えようとしているのだろう。

「小さい足だな……これがすぐに大きくなって、歩くようになるんだな」

俺はそんなファンの小さな足をむにむにと触っていた。

女の子に対して失礼かもしれないが、ファンは無抵抗にそれを受け入れている。触られている足を動かすことなく、俺のほうをじっと見ていた。

「レイン、お前もこれぐらい小さかったことがあるんだぞ。すぐに大きくなったが、隣に並んで座ってくれないか？」

「それで私の足も触るの？　ファンちゃんはともかく、私まで赤ちゃん扱いしないでよね！」

「ははは！　そうだな、悪い悪い」

　俺は失言を詫びながら、さらにファンの足を触る。片足だけではなく、両方の足を揉む。

「ふふふ……ブロワ、お前のご両親も、この子がお前そっくりだって言ってたぞ。俺が知っているお前の姿になるのも、もうすぐだな」

「気が早すぎるぞ、サンスイ」

「男の子の格好をさせても似合うと思うぞ。いや……案外お嬢様がそうさせるかもな」

「……お前やっぱり、あの格好が似合っていると思っていたのか」

「……お前が美人だから、何を着ても似合うんだよ」

　少し怒っているブロワは、俺からファンを取り上げた。

「まったくひどいお父さんだな、ファン。お前にもう男の子の格好をさせる気だぞ、自分で女の子の格好をすればいいのにな」

「俺は何を着ても似合わないさ……それよりもブロワ、もうちょっとファンと遊ばせてくれよ」

「ふん、足を触ってくる変な奴に、愛する娘を任せられるか」

「可愛いアンヨだったから、触りたかっただけなんだ……許してくれ、ブロワ」

「私に謝ってどうするんだ、なあレイン」

「そうだよ、パパ。ファンちゃんに謝りなよ！」

二人とも本気で怒っているわけではないが、それでも俺へ厳しい目を向けていた。

そんな二人へ、俺は謝る。顔は笑っているので、真剣さが足りないかもしれないが、それでもこれでいいと思っていた。

そしてそんな俺達の姿を、物陰から小さい女の子が見ている。もちろん、ライヤちゃんだった。

「あらあら……心配する必要なんてなかったわね」

彼女が言うのなら、確かだろう。俺達家族は、とても幸せな時間を過ごしていた。

あとがき

この度は『地味な剣聖はそれでも最強です』の八巻をご購入いただき、ありがとうございます。作者の明石六郎でございます。

大好評御礼、絶賛発売中の文字に恥じない、順調な八巻です。原作者である私だけではなく、関係者一同が御礼を申し上げております。

さて……あとがきを読んでいただいているということは、既に八巻を読んでいただいているということだと思います。また、人によっては『小説家になろう』様で公開されている原作も既に読んでもらっているかもしれません。また、これから読むという方もいらっしゃるでしょう。

はっきり申し上げます、四分の三を書き直しました。限りなく原形をとどめておりません。

これは同じ展開を再構築したわけですらなく、全然違う話にしました。追加エピソードもあるのですが、根底から書き直してさえいます。

その上、削除したエピソードも大いにあるので、それを加味すれば『小説家になろう』版から四分の六ぐらい違います。限界を突破しております。

そんなこの巻で、『小説家になろう』版とほとんど差がないのは、山水とブロワ、レインのくだり。それから山水の生徒達です。

本来なら山水の新しい家族についてここで語るべきかもしれませんが、あえて山水の生徒達について語ろうと思います。

本当は彼らにももっとエピソードがありましたが、ここまで入れられただけでもありがたく思っています。

ほとんどモブキャラクターである彼らなのですが、そのエピソードは私が好きなのです。正真正銘普通の人々、あるいはちょっと劣っていてちょっと悪い人達。彼らを通して世間一般を描写するのが好きだったのです。

上澄みだけ描いていては、世界観が伝わらない。クリエイターのエゴかもしれませんが、彼らの話を書籍にできたことは、とても意義があったと思っております。

最後になりましたが……。

イラストレーターのシソ様。いつもお世話になっております。今後もよろしくお願いします。

明石六郎

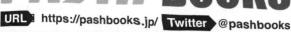

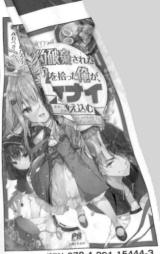

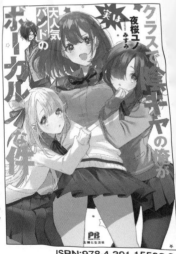

この本を読んでの… ファンレターをお待ちしております。
（宛先） 〒104… 区京橋 3-5-7
（株）主… PASH！編集部
「明ろ…

※本書は「小… https://syosetu.com）に掲載されていたものを、改稿のうえ書籍化したものです。

PB PASH!ブックス

地味な剣聖はそれでも最強です８

2021年10月11日　1刷発行

著　者　明石六郎
編集人　春名 衛
発行人　倉次辰男
発行所　株式会社主婦と生活社
〒104-8357　東京都中央区京橋 3-5-7
03-3563-5315（編集）
03-3563-5121（販売）
03-3563-5125（生産）
ホームページ　https://www.shufu.co.jp
製版所　株式会社二葉企画
印刷所　大日本印刷株式会社
製本所　下津製本株式会社
イラスト　シソ
デザイン　ナルティス：原口恵理
編集　黒田可菜